어느 날 멀쩡하던 행거가 무너졌다

어느 날 멀쩡하던 행거가 무너졌다

이혜림 지음

라곰

| 차례 |

007 프롤로그 어느 날 멀쩡하던 행거가 무너졌다

Part 1
비우고 난 후 알게 된 것들 : 물건

013 텅 빈 방에는 공허함만이 남았다
019 이렇게 살기 싫다고 했더니, 다들 그렇게 산다고 말했다
023 "언젠가 쓸지도 모르는데……"
028 그렇게 살면 불편하지 않아요?
032 '소중한' 물건은 없다
036 잘 채우는 미니멀리즘
041 작별 인사도 아름답게
046 사과 한 박스의 교훈
050 행복한 맥시멀리스트를 만나다
054 무인도에서 살아보기
061 1년간의 노쇼핑

Part 2

작은 집, 간소한 살림 : 공간

067 분수에 맞는 집에서 산다

072 더는 사지 않는 것들

078 단정한 현관과 적당한 신발

083 욕실에는 비누 한 장이면 충분해

088 137리터 냉장고

093 살림 대충 하기 시즌

098 가진 게 없다고 손님을 초대할 수 없는 건 아니다

103 가방 하나로 여행을, 택시 한 대로 이사를

108 책장을 비우니 더 읽고 싶어졌다

112 목적에 충실한 공간

116 뉴질랜드 캠핑카 여행에서 배운 것

Part 3

단순하게, 홀가분하게 : 라이프

123 통장에 돈이 남기 시작했다

129 낭비와 기분 좋은 소비, 그 사이

132 절제의 우아함

136 어쩌다 보니 제로 웨이스트

140 너는 언제쯤 고장 날까

145 에어컨 없이 살기 챌린지

149 사계절 서른 벌의 옷
154 내 인생에 더 이상의 '약정'은 없다
159 도심 속 자급자족의 기쁨과 슬픔
164 말 그대로 잡동사니
169 10년 만에 만난 책꽂이

Part 4
가볍지만, 우아하게 : 태도

175 채식주의자 말고 채식지향자
181 곱슬머리로 살아요
186 비싸지만 예쁜 홈웨어
190 지금이 아니면 할 수 없는 것
194 딱 그 정도의 메이크업
198 80퍼센트의 에너지만 쓰기
203 샤넬 지갑과 레페토 슈즈
207 가끔은 아날로그로 살아보기
212 오래된 친구라는 말의 공허함
218 더 이상 불안하지 않은 노후
223 몸이 기억하는 시간표, 루틴
227 안 되면 말고!

231 **에필로그** 카쉬 해변에서, 홀가분했던 지난 여름 날

어느 날 멀쩡하던 행거가 무너졌다

뭐든 많으면 많을수록 좋은 시절이었다. 주 5일 출석하는 강의실에 하루라도 같은 옷, 같은 액세서리를 하면 안 된다는 규칙이 있는 것처럼 나는 늘 새로운 옷과 새로운 액세서리를 탐냈다.

나는 옷을 좋아했다. 내가 어떤 사람인지 외부에 표현할 수 있는 유일한 수단이었으니까. 매달 한정된 용돈 안에서 다양한 옷들을 사야 했기에 늘 저렴한 것들로 구입했다. 여름엔 통기성이 안 좋고, 겨울엔 보온이 안 되는 옷들. 한 철 입으면 늘어나거나 보풀이 일어나서 더는 입기 힘들어지는 옷들로.

방 한 칸짜리 자취방은 시간이 흐를수록 옷들로 쌓여갔다. 처음에 구입했던 1단짜리 행거에 옷을 걸 자리가 없어지자 2단짜리 행거를 새로 사들였다. 2단 행거도 빽빽해지자 길가에 버려져 있던 5단짜리 서랍장과 선반을 주워 왔다. 머지않아 그 수납장도 나의 옷들과 소지품으로 가득 찼다. 그런데도 이상하게 늘 입을 옷이 없었다. 아침이면 뭘 입어야 할지 행거 앞에서 한참을 망설였다.

나의 수집 병은 옷에 그치지 않았다. 색깔별로 모은 하이힐과 플랫슈즈들, 하늘 아래 같은 색조는 없다며 세일할 때마다 사들인 로드숍 화장품들, 예쁜 것 같으면 무조건 장바구니에 넣고 보았던 다이소표 주방용품들과 인테리어 소품들. 그중에서도 옷과 막상막하로 수집 병을 자랑하던 것은 바로 책이었다.

나는 심심하면 책을 드는 독서광으로서 서점에 드나들며 책을 사는 게 취미였다. 매달 다 읽지도 못한 많은 책이 쌓여갔다. 책을 읽는 속도가 사는 양을 따라가지 못했다. 그럼에도 책을 사는 습관을 버리지 못했다. 집에 읽지 못한 새 책들이 잔뜩 쌓여 있지만 언제나 또 다른 새 책을 사는 데에서 만족을 느꼈다.

자취방에는 먼지가 많아서 아무리 책상과 선반을 자주 닦아도 늘 뽀얗게 먼지가 쌓여 있었다. 우리 집에 놀러 온 기관지가 약한 친구의 재채기가 멈추지 않은 적도 있었다. 부끄럽지만 그땐 이유를 몰랐다. 대책 없이 사 모은 수백 벌의 옷과 수십 권의 책 때문에 내가 먼지 속에 갇혀 지내는 줄을.

텅 비어 있던 작은 원룸은 어느새 벽지가 보이지 않을 정도로 물건이 가득 찼다. 이 집에 들어온 지 불과 2년 만에 벌어진 일이었다.

그러던 어느 날, 멀쩡하던 행거가 갑자기 무너졌다. 행거에 걸려 있던 옷가지들이 모두 앞으로 쏟아졌다. 서둘러 행거 기둥을 붙잡고 다시 세우려는데 걸려 있는 옷들의 무게에 눌려 행거는 폭삭 내려앉아 버렸다. 땀범벅이 되어가며 옷가지들을 걷어내고 행거를 세우기 위해 애써보았지만 헛수고였다.

그때 처음으로 내가 가진 옷의 무게를 느꼈다. 내 몸은 물론 행거도 감당하지 못하는 옷의 무게. 옷에 짓눌리는 느낌이었다. 나는 정신이 번쩍 들었다. 무너진 행거 주변으로 널브러져 있는 옷들을 보면서 사놓고 한 번도 입지 않은 옷들이 가득하다는 걸 깨달았다. 몇 년 전엔 잘 입었지만 지금은 어쩐지 손이 안 가는 옷, 단추가 떨어지거나 얼룩이 안 지워지는 옷 등 갖가지 이유로 더는 입지 않는 옷이 많았다. 심지어 오늘 처음 보는 듯한 옷도 있었다.

내가 가진 물건들의 부피가 비로소 눈에 들어왔다. 방 한가운데에 앉아 자취방을 찬찬히 둘러보았다. 내 시선이 훑어본 나의 자취방은 작은 빈틈도 허용하지 않겠다는 듯 온갖 물건들이 가득 쌓여 있었다. 선반 뒤쪽과 서랍 안쪽, 저 박스와 이 박스에 무엇이 담겨 있는지 나조차도 모른다는 사실을 깨달았을 때, 갑자기 숨이 턱 막혀왔다.

내가 가진 물건들의 양이 현실적으로 다가오기 시작했다. 무언가를 해야 하는데, 어떻게 해야 할지를 몰랐다. 그저 당시 내가 알고 있던 사실은 무언가 변해야 할 타이밍이 왔다는 것이었다.

Part 1

비우고 난 후 알게 된 것들 : 물건

텅 빈 방에는 공허함만이 남았다

지금으로부터 10년 전, '미니멀 라이프'라는 단어를 처음 알게 되었다. 자신을 '미니멀리스트'라 칭했던 어느 블로거를 통해서였다. 그는 미니멀 라이프란 최소한의 물건만으로 살아가는 삶이라 말했다.

'최소한의 물건'이라니, 물건은 많으면 많을수록 좋은 게 아니던가? 그 개념이 무척이나 생소했다. 나는 살면서 단 한번도 꼭 필요한 물건들만으로 생활하는 삶을 그려보지 못했다. 그렇게 사는 사람도, 그런 삶도 지금껏 한번도 만나보지 못했다.

이참에 나도 미니멀 라이프라는 걸 해보면 어떨까 싶었다. 그날 이후 나는 자취방의 물건들을 버리기 시작했고, 자연스레 비우는 삶에 빠져들었다. 그러다 한 장의 사진을 보고 본격적으로 극한의 미니멀 라이프에 돌입했다.

《나는 단순하게 살기로 했다》의 저자 사사키 후미오의 집 사진이었다. 사진에 담긴 그의 집은 햇살이 가득 쏟아져 들어오는 밝은 화이트톤의 아주 작은 원룸이었고, 방에는 새하얀 이부자리만 펼쳐져 있었다. 보기만 해도 마음이 편안해지는 장면이었다. 그에게는 이부자리 외의 어떤 가구도 없다고 했다. 텅 비어 있는 방. 빈 벽과 여백이 가득한 공간. 저런 집에서 살게 된다면 물건에 얽매이지 않고 늘 자유로울 수 있을 것 같았다.

이후 나는 극도로 물건을 비우고, 되도록 아무것도 없는 텅 빈 집에서 생활하는 모습을 목표로 좇았다. 옷들을 비롯해, 더는 읽지 않는 책들을 마구 처분하고, 집 안에 있는 줄도 몰랐던 수많은 잡동사니와 살림살이, 인테리어 소품들을 내다 버리기 시작했다.

덕분에 옷 한 벌을 꺼내려면 한참 진을 빼야 했던 빽빽한 2단 행거에는 옷들이 넉넉하고 여유 있게 걸렸고, 집 안에 쌓이던 먼지도 눈에 띄게 줄어들었다. 공간이 쾌적해지면서 마음도 상쾌해졌다. 홀가분했다. 이게 답이라 여겼다.

나는 매일 어떻게 하면 물건을 더 비울 수 있을까 고민했고,

반드시 들여야 하는 물건이 생기면 짐스럽게 여기며 스트레스를 받았다. 물건을 더 줄일 수만 있다면 생활에서의 불편함은 기꺼이 감수했다. 매일 책을 읽고 글을 쓰던 책상까지 비워내면서 기어코 아무것도 없는 방을 만들어냈다.

모든 벽과 바닥을 가구와 물건으로 가득 채웠던 나의 방에는 4단짜리 서랍 하나와 작은 스탠드, 전신거울만 남았다. 아침에 일어나면 이부자리를 걷어 서랍 위에 개어두었고, 퇴근하고 오면 이부자리를 펼치고 잠을 잤다. 처음에는 텅 빈 방이 주는 황홀감에 빠졌다. 사사키 후미오의 텅 비어 있던 집의 모습을 그대로 따라하면서 그가 느꼈다는 홀가분함을 나 역시 느껴보았다. 그러나 그건 목표를 이뤄냈다는 성취감에서 오는 그저 찰나의 감정일 뿐이었다.

내가 지니고 있는 물건의 개수는 현저하게 줄었지만, 갈증은 여전했다. 미니멀리스트가 되어 최소한의 물건만으로 살아갈 수 있다면 자유로워질 것 같았는데 물건의 개수만 줄었을 뿐, 나는 여전히 어떤 것에서도 자유로워지지 못했다. 비워내는 것이 수단이 아니라 목적이 되었기 때문이다. 텅 빈 듯한 집 안 풍경, 심플하고 값비싼 물건, 새하얀 인테리어를 갖고 싶다는 욕망에 사로잡힌 나는 결코 자유롭지 못했다. 자취방에 옷을 가득 쌓아놓았던 때와 별로 다르지 않았다. 많은 것에 집착하느냐, 적은 것에 집착하느냐, 그 차이일 뿐이었다.

텅 빈 나의 방은 아무것도 없어서 무엇이든 될 수 있는 방이었음에도 뭐든 할 수 있는 그 방에서 나는 아무런 욕구가 일어나지 않았다. 책상을 없애니 책을 읽는 것이 불편해서 점점 읽지 않게 됐고, 침대가 없으니 낮에 잠시 누워 쉴 곳조차 없었다. 매일 똑같은 옷을 입으면 단순하고 편할 줄로만 알았는데 얼마 지나지 않아 지겨움이라는 감정이 찾아왔다. 모든 게 재미가 없어졌다. 내 방인데 내 방 같지 않은 나날이 이어졌다. 방을 비우면 자유롭게 뭐든 해낼 줄 알았는데, 내게는 오직 허무와 공허함만 남았다.

물건을 채우며 모든 욕구를 풀던 습관과 많은 것을 소유하려는 집착에서 벗어나기 위해 시작한 비우기였는데, 어느새 나는 또 다른 강박과 자기 검열에 휘둘리고 있었다.

그렇게 한동안 무력감이 이어지다가 나의 질문부터 잘못되었다는 깨달음이 찾아왔다. 텅 빈 방을 만들기 전에 무엇을 비울까가 아니라 무엇을 남길까를 물어야 했고, 어떻게 비울까가 아니라 어떻게 남길까를 고민했어야 한다. 그런 고민 없이 비워낸 방에는 나의 삶이 없었다. 물건만 비운 게 아니라 나를 함께 비웠던 것이다. 모든 것을 가차 없이 비워버리고 아무것도 남지 않은 황무지 같은 삶이 행복할 리 없었다.

다시 처음으로 돌아가서 나는 왜 물건을 줄이고 단순하게 살고 싶은지 나 자신에게 물었다. '행복하게 살고 싶어서'라는 답이 나왔다. 비로소 내가 어떻게 해야 할지 알 것 같았다.

황무지로 변한 내 삶에 이제는 나의 행복을 위해 꽃과 나무를 심을 차례였다. 내가 원하는 것, 하고 싶은 것이 무엇일까를 고민하며 텅 빈 방과 텅 빈 인생을 좋아하는 것으로 채우기 시작했다. 편하게 앉아 책을 오래 읽을 수 있도록 책상을 다시 방 안에 들였고, 예쁜 원피스도 몇 벌 구입해서 단벌 신사에서 벗어났다. 한번쯤 배워보고 싶었던 발레를 시작했고, 오랫동안 꿈꾸던 에어비앤비 숙소를 오픈해 호스트가 되었다. 물 공포증으로 늘 고사했던 수영도 배워서 동남아 리조트 수영장에서 튜브 없이 놀아보는 소망도 이뤘고, 차곡차곡 돈을 모아 버킷 리스트였던 세계 여행도 다녀왔다. 아무것도 하고 싶은 게 없어 매일 공허함으로 가득했던 과거가 무색할 만큼, 하루하루가 너무 재미있고 신이 났다.

내 삶에서 불필요와 군더더기를 줄이고 비우며 갖게 된 여분의 시간과 에너지, 공간, 돈으로 나는 내가 좋아하는 것을 시작할 수 있었다. 비로소 미니멀 라이프가 내게 가져다주는 것이 무엇인지 알게 됐다.

내가 꾸준히, 주기적으로 비우는 이유는 좋아하는 것을 더 마음껏 좋아하기 위해서다. 불필요한 것, 원치 않는 것, 낭비되는 것을 줄이고 비운 자리를 내가 좋아하는 것, 원하는 것, 필요한 것으로 더 촘촘히 채우기 위해서다. 삶에는 정답이 없듯, 미니멀 라이프에도 정답이 없다. 누군가에게는 텅 빈 방이 미니멀 라이프의 이유가 될 수도 있겠지만 적어도 내게는 아니었다. 채우기 위해 비우는 것, 이것이 나의 미니멀 라이프다.

이렇게 살기 싫다고 했더니, 다들 그렇게 산다고 말했다

5년 전, 나는 결혼을 준비하며 신혼집으로 남편이 혼자 자취하던 아홉 평 원룸에서 살기로 했다. 방 두 개에 거실과 주방이 딸린 집이 아닌 원룸 자취방에서 살겠다는 나를 가족을 비롯한 지인들이 뜯어 말렸다.

사실 나도 처음부터 그곳에서 계속 살려고 했던 건 아니다. 남편의 원룸 계약 기간이 꽤 남아 있었기에 결혼식을 올리고 함께 살면서 천천히 시간을 두고 신혼집을 알아볼 계획이었다. 하지만 막상 살아보니 원룸에서의 신혼 생활이 만족스러웠다. 굳이 시간과 돈을 들여 더 큰 집으로 옮길 필요가 있을까 싶었다.

원룸에서의 생활은 생각보다 좋은 점이 많았다. 집이 작아서 관리비를 비롯한 유지비가 굉장히 적게 들었다. 한여름과 한겨울에 냉방과 난방을 마음껏 틀어도 부담스럽지 않았다. 그리고 무엇보다 나는 이 집 자체가 마음에 들었다. 벽 한쪽 면이 통창이라서 탁 트인 느낌이 나고, 채광도 좋고, 주변 편의시설도 마음에 들었다. 주인집과 함께 거주해서 관리가 매우 잘되는 신축 건물이라는 것까지 모두 다 흡족했다.

집은 새로운 물건들 대신 각자 자취하며 쓰던 가전제품들과 가구로 채웠다. 중복되는 물건들은 중고로 팔았고, 함께 살면서 필요한 것들만 신중하게 구입했다. 덕분에 월급의 대부분이 저축통장으로 들어갔다.

결혼하는 과정에서 참 많이 들었던 말이 "다들 그렇게 해"였다. "다이아는 5부 이상 받아야지, 신혼집은 그래도 20평 이상은 되어야지, 샤넬 백 정도는 받아야지." 그런 삶이 싫다고 했더니 다들 그렇게 산다고 했다.

내가 감당하지도 못할 것들을, 마음이 내키지도 않으면서 그렇게 받아들여야 할까 의문이 들었다. 남편과 충분한 대화를 나누며 우리가 원하지 않는 것들을 비워내고 그 대신 원하는 것들을 원하는 만큼 채워나갔다. 결혼반지를 하지 않는 대신에 양가 부모님의 건강검진을 해드렸고 웨딩사진, 예단, 예물을 생략하는 대신에 신혼여행에 더 투자했다.

남들이 말하는 기준치에 어느 것 하나도 닿지 못하는 결혼식과 신혼 생활의 시작이었지만 결혼을 계기로 우리 부부는 남들 기준이 아니라 우리 부부만의 기준으로 살아가기 시작했다. 큰마음 먹고 한번 용기 내어 기준에서 벗어났더니 사회적 기준이 모두 허상임을 깨닫게 되었다. 진짜 중요한 것은 다들 원하는 삶이 아니라 내가 원하는 삶이었다. 다들 그렇게 사는 거라는 긴 대열에서 벗어나면 뒤처질 줄 알았는데, 오히려 우리의 인생은 더 풍요로워졌다. 따라잡아야 하는 기준도 앞서야 하는 경쟁도 없으니, 주어진 삶이 늘 선물처럼 여유롭고 느긋하다.

결혼하고 6개월쯤 지났을까, 한 살이라도 어릴 때 세계를 유랑하듯 살아보고 싶다는 마음이 일렁였다. 한참을 떠돌다 돌아와서 다시 시작해도 그리 늦지 않은 나이에, 충분한 체력이 받쳐줄 때 긴 여행을 떠나보고 싶었다.

남편과 오랜 기간 많은 대화를 통해 이것이 정말 우리가 원하는 것인지 신중하게 들여다보았다. 그리고 세계 여행을 떠나기로 결심한 지 1년 4개월 만에 우리 부부는 정말로 여행을 위해 한국을 떠났다. 그 과정에서 남편은 첫 직장을 그만두어야 했고 집을 사기 위해 모으던 돈은 여행 자금이 되었지만 1년간의 세계 여행을 마치고 귀국한 지 2년이 지난 지금, 결혼반지 하나 없이 치른 작은 결혼식만큼이나 한국 생활을 모두 청산하고 미련 없이 떠났던 세계 여행도 인생에서 굉장히 잘한 선택이 되었다.

요즘 우리 부부에게는 또 다른 꿈이 생겼다. 내 속도대로 사는 게 무척 자연스럽고 당연한 시골 마을에서 오직 휴식만을 위한 작은 민박집을 여는 것이다. 민박집 사장님이라는 꿈을 이루기 위해 직장을 잡고 다시 열심히 돈을 벌며 한국에서의 삶을 이어가고 있다.

결혼하면 빨리 돈 모아야지, 돈 모으면 대출 가득 받아 아파트 장만해야지, 아파트 장만하면 얼른 아기 낳아야지, 아기 한 명은 외로우니 적당한 터울로 둘째 가져야지, 애들 공부 시키려면 돈 더 벌어야지, 그다음엔 노후 준비 해야지. 그렇게 평생 쉴 틈 없이 계속 주어지는 과제와 숙제는 저만치 치워버리고서 우리는 여전히 오직 우리 두 사람의 목소리에 집중한다. 언제나 살고 싶은 모습으로 산다. 다들 그렇게 살아도 나는 이렇게 산다.

“언젠가 쓸지도 모르는데……”

원룸에서 보낸 2년간의 신혼 생활은 우리 두 사람을 미니멀리스트 부부로 만들어준 결정적인 시간이었다. 돌이켜보면 작은 공간에서 어떻게든 생활해야 했던 환경 자체가 우리 두 사람을 그렇게 만들어준 게 아닌가 싶다.

남편은 물건을 많이 사는 편은 아니지만, 물건을 한번 집에 들이면 어지간해서는 버리지 않는 사람이었다. 남편의 자취방에서 신혼 생활을 시작하던 날, 이미 남편의 물건으로 가득 찬 원룸에 내 물건들까지 들이고 나니 우리의 아늑한 집이 되어야 할 공간은 순식간에 창고가 되어버렸다.

혼자 살 때는 문제가 없었지만 두 명이 함께 살아가기에는 부족한 공간이었다. 그러나 이 집에서 살기로 결정한 이상, 해결책이 필요했다. 그래서 집의 크기에 맞춰 물건을 줄이기로 했다. 대학 시절 방 한 칸을 꽉 채웠던 물건들을 몽땅 비워내고 광명을 찾았던 것처럼, 내 삶에서 다시 한번 대대적으로 물건을 줄어야 할 때라는 직감이 들었다. 망설임 없이 행동에 나섰다. 그러나 멀쩡한 물건을 비우는 것에 대한 남편의 거부감이 강했다.

"언젠가 쓸지도 모르는데 그때 다시 사려면 아깝잖아."

내가 보기엔 몇 년간 한 번도 사용한 적이 없고 앞으로도 사용할 일이 없을 것 같은데 남편은 언젠가 필요할지도 모른다는 이유로 집에 물건을 쌓아두길 원했다. 과거의 나 역시 그랬기에 이해할 수 없는 건 아니었다. 게다가 이 집은 나만이 아닌, 우리 두 사람의 공간이 아닌가. 남편의 의견을 존중하기로 했다. 대신 남편이 거부감 들지 않는 범위 내에서 집 안의 물건을 조금씩 비워나갔다.

동일한 목적으로 여러 개 가지고 있는 것, 고장 난 것, 그저 처분하기 귀찮아서 방치한 것들을 먼저 버렸다. 남편의 물건은 반드시 남편의 의사를 물어본 뒤에 처분했고, 대신 내 물건들을 더 많이 비웠다. 물건을 쌓아두지 않는 집에서 사는 게 어떤 느낌인지 직접 보고 느끼면 남편도 달라질 거라 믿었다.

집 안이 환해지고 모든 물건이 제자리에 정리 정돈된 깔끔함에 익숙해지자 남편도 서서히 변하기 시작했다. 가장 큰 계기는 우리의 세계 여행이었다. 1년간 장기 여행을 떠나며 우리는 신혼집 자체를 처분하기로 했다. 그러다 보니 자연스레 집 구석구석에 쌓인 물건을 들여다볼 수밖에 없었다. 더는 입지 않지만 비싸게 사서 아깝다던 옷들과 쓰지 않는 값비싼 살림들도 비워냈다. 그동안 건들지도 못하게 했던 수십 켤레의 운동화도 남편이 직접 선별해서 비웠다.

세계 여행 중에는 각자 배낭 하나씩을 메고 다녔다. 그렇게 1년간 배낭 하나 분량의 물건으로도 충분히 살 수 있다는 것을 알게 됐다. 삶에 꼭 필요한 물건은 생각보다 많지 않았다. 남편과 나는 우리가 소유하고 있는 것들, 얽매인 것들, 내려놓으면 자유로울 수 있는 것들에 대해 많은 대화를 나눴다.

지금의 남편은 나보다 더하면 더했지 덜하지 않은 미니멀리스트가 되었다. 내가 살림살이에 뭐가 필요한 것 같아서 사려고 하면 남편은 일단 없이 살아보고 정 불편하면 그때 사자고 한다(그래서 우리 집에는 아직도 로봇청소기, 건조기, 식기세척기, 제습기, 공기청정기, 텔레비전, 전자레인지, 정수기 등의 가전제품들이 없다). 세상에서 옷과 신발을 가장 좋아해서 10년 전 옷까지 모두 끌어안고 살던 남자가 여름에는 검은색 반팔 티셔츠 다섯 장을 번갈아 입고, 겨울에는 검은색 긴팔 티셔츠 세 장을 번갈아 입으며 지낸다. 늘 포화 상태였던 남편의 옷장과 신발장에는 여유가 생겼고, 덕분에 넉넉해진 용돈으로 남편은 재테크를 시작했다.

두 사람이 한마음으로 단순한 삶을 살아가기까지 많은 시간과 이해가 필요했다. 만약 내가 처음부터 내 뜻만 고집해서 남편의 의사와 상관없이 집 안의 물건을 마구 버리고 비웠다면 미니멀 라이프에 대한 남편의 거부감은 커졌을 것이다. 나는 나대로 너무 많은 물건을 소유하는 남편의 방식을 이해하지 못한 채로, 남편은 남편대로 무턱대고 다 버리기만 하는 것 같은 나의 방식을 이해하지 못한 채로 우리는 끝없는 평행선을 걸었을 것이다. 그러나 우리는 서로의 방식을 존중했다. 그리고 모든 경험을 함께 나눠보기를 택했다.

가득 채워본 경험, 모두 비워본 경험, 필요한 것만 선별해서 생활해본 경험은 지금 있는 것만으로도 충분하다는 마음을 갖게 해주었다. 아니, 우리는 이미 너무 많은 것을 소유하고 있다는 것을 깨닫게 해주었다. 많으면 많을수록 좋다는 생각은 사회가 만들어낸 환상이고, 내가 느끼고 깨달은 것만이 진짜라는 확신이 생겼다. 우리는 정말로 현재 가지고 있는 것만으로도 충분했다.

한번 소유한 물건은 마치 죽을 때 가져갈 것처럼 애지중지 소중하게 쓰다가도 만약 이 물건의 쓰임이 다한다면 미련 없이 기꺼이 비우겠다는 마음으로 산다. 소유에 대한 집착을 내려놓고, 있을 때 충분히 누리겠다는 가벼운 마음은 우리의 삶을 더 행복하게 한다.

그렇게 살면 불편하지 않아요?

누군가 그렇게 살면 불편하지 않느냐고 물어보면 "네, 조금 불편해요"라고 답한다. 그러고 나면 다들 예상 밖의 대답이라는 듯 눈을 휘둥그레 뜨고 나를 바라본다. 그렇게 불편한데 왜 그렇게 사느냐는 듯이 말이다.

없으면 불편한 건 당연하다. 하지만 없이 사는 불편함을 택하는 것이 수많은 것을 짊어지고 사는 것보다 좋다. 불편하지만 이렇게 사는 이유에 대하여 무언가 멋진 답을 해주고 싶지만 쉽지 않다. 그냥 좋은데, 그 안에서 오는 즐거움이 분명 있는데. 그래서 이해받길 바라는 이유를 만드는 대신 이렇게 말하기로 했다.

"전 그냥 이게 좋아요."

비우다 보면 내가 진짜 원하는 것이 무엇인지 보인다. 물리적으로나 심리적으로 걸리적거리는 것들이 줄어들면서 내가 살고 싶은 인생을 살겠다는 다짐을 행동으로 옮기는 데에 한 뼘 더 용기를 낼 수 있게 된다.

내 목을 죄어오는 수많은 것에서 벗어나기 위해 물건을 줄이고 또 줄이던 시절, 내게는 꿈이 하나 있었다. '내가 가진 모든 짐이 캐리어 하나에 몽땅 다 들어갈 수 있었으면 좋겠다. 그럼 언제 어디서든 내가 떠나고 싶으면 떠나고, 머물고 싶으면 머물면서 자유롭게 살아갈 수 있을 텐데!'

그로부터 몇 년이 지나 정말로 나의 모든 물건을 캐리어 하나에 몽땅 털어 넣고 자유롭게 돌아다니며 살아보는 꿈을 이룰 수 있게 되었다. 남편과 떠나는 세계 여행을 통해서 말이다.

세계 여행을 앞두었을 때 작은 원룸의 살림들을 모두 처분하고 딱 두 사람의 배낭에 들어갈 만큼의 물건만 남겼다. 침대와 옷장을 비롯한 크고 작은 가구들은 다음 세입자에게 저렴한 값에 모두 내주었다. 그 외 살림살이는 중고시장에 내다 팔거나 필요로 하는 단체에 기증했다.

'나 미니멀리스트야!'라고 자부했지만, 알게 모르게 우리 집에도 쌓여 있는 물건들이 꽤 많았다. 아무리 최소한의 물건들만으로 산다 해도 역시나 여전히 나는 많은 물건들을 지니고 있음을 다시 한번 깨닫는 시간이었다.

여행 떠날 배낭 두 개 외에 친정집에 가져다둘 리빙박스 두 개와 캐리어 두 개, 컴퓨터와 침구세트로 정리 끝. 약 2년간의 결혼생활이 남긴 우리의 짐이 이렇게 정리되다니, 기분이 묘했다. 한편으로는 이 정도라면 앞으로도 내가 원하기만 한다면 언제든 여행하듯 떠나고 머물 수 있겠구나라는 생각도 들었다.

만족스러웠던 원룸에서의 신혼 생활. 내가 가진 공간이 작았기에 어쩔 수 없이 많은 소유물들을 비우고 줄여야 했지만, 그 덕분에 큰 미련 없이 더 넓은 세상으로 나갈 수 있는 용기를 얻었다. 그것도 아주 홀가분하게! (잃을 게 없다면 더 대범해지는 법이다.)

그리고 가장 중요한 것, 행복한 인생에 필요한 물건은 그리 많지 않음을 몸소 깨달았다. 인생에는 물건과 돈보다 더 소중한 것이 있고, 그렇기에 어디에 중심을 두고 살아야 하는지를 남편과 나는 경험으로, 몸으로 겪었다.

여행을 위해 챙긴 나의 배낭 무게는 7킬로그램. 여섯 벌의 원피스와 운동복 한 세트, 카디건과 긴 외투를 챙겼다. 이 짐으로 세계를 유랑하다가 귀국할 때는 텅 빈 배낭으로 가볍게 돌아오고 싶다고 생각했지만, 돌아올 때도 내 짐의 무게는 7킬로그램이었다. 7킬로그램의 배낭으로 1년간의 배낭여행에서 불편한 적은 있어도 부족함을 느낀 적은 결코 없었다.

‘소중한’ 물건은 없다

세계 여행 중 발리에서 머물 때의 일이다. 수영을 하고 느긋하게 테라스에 앉아 아름다운 일몰을 기다리고 있던 그때, 의자가 좌우로 흔들렸다. 자세 탓인가 싶어 자세를 고쳐 앉으려는데 의자가 아니라 호텔 건물 전체가 좌우로 흔들리는 것이 느껴졌다.

지진이었다. 몇 초의 정적이 수십 분처럼 느껴졌다. 남편과 나는 아무런 말도 하지 못한 채 그 진동을 온몸으로 받았다. 진동이 약해졌을 때 우리는 방으로 뛰어 들어가 방 한가운데에서 서성거렸다. 어떻게 대처해야 할지 갈피를 잡을 수 없었던 것이다.

다행히 지진이 금방 멈추면서 발리는 평온하고 아름다웠던 상태로 돌아갔다. 이 정도 지진은 익숙하다는 듯이 리조트 직원들은 여전히 분주하게 움직이며 일을 하고 있었다.

진동이 멈추고 오싹한 기운이 가시기도 전에 내가 제일 먼저 한 일은 혹시 또 있을지도 모를 지진에 대비해 생존 가방을 꾸리는 것이었다. 옷장을 열고 중요한 물건들을 가방에 넣기 시작했다. 만약 밤에 잠을 자다가 지진으로 대피해야 할 상황이 온다면 꼭 챙겨야 하는 물건은 무엇일지 헤아리며 가방을 쌌다.

생명의 위기 앞에서 꼭 챙겨야 하는 물건은 생각했던 것보다 단출했다. 속옷과 옷 한 벌, 두꺼운 외투 한 벌, 휴대전화, 카드, 현금, 여권, 물 한 병이 전부였다. 부부 둘이 합쳐서 17킬로그램 무게의 짐을 들고 여행에 나섰는데, 생존에 꼭 필요한 건 저게 다라고? 그러나 아무리 헤아려보아도 더는 필요한 것이 없었다.

여행 전에도 불필요하게 여겨지는 물건을 많이 비웠고, 세계여행에 나설 때도 또 한 번 물건을 비웠다. 배낭 속의 물건들은 '이건 살면서 내게 꼭 필요한 물건이야'라고 생각하며 선별했던 것들이었다. 그러나 재난에 대비한 생존 가방을 꾸릴 때는 그것조차 다 부질없다는 생각이 들었다. 비상시에는 휴대전화와 신용카드조차 쓸모가 없었다.

재난 상황을 겪으면서 어쩌면 인생에 꼭 필요한 물건이라는 것 자체가 존재하지 않을지도 모른다는 생각이 들었다. 생존에 필요한 물건은 별로 없다. 아니, 생존을 비교선상에 두고 보자면 '나의 목숨' 외에는 이 세상에 중요한 것이 아무것도 없다. 목숨 다음이 생존 물건, 그다음이 필요 물건인 것이다. 그 외에는 있어도 그만, 없어도 그만인 선택 사항일 뿐.

죽음을 생각하면 모든 것은 더 단순해진다. 내가 좋아해서 소중해진 물건과 살면서 꼭 필요한 물건에 대한 구별이 더 명확해졌다. 지금 당장 내가 소중하게 여겨야 하는 것이 무엇인지 확실해졌다.

발리에서 지진을 겪은 뒤에 물건을 대하는 나의 태도가 많이 바뀌었다. 꼭 필요한 물건이라는 것은 없다고 생각하니 은연중에 물건에 담고는 했던 나의 집착과 미련을 모두 비울 수 있게 됐다.

물건이 존재하는 이유는 그저 사용을 위해서다. 쓰임을 벗어난 물건을 비우는 데 어려움이 없어졌다. 더 이상 물건에 나의 무거운 감정을 담지 않게 됐다. 누군가 선물해준 거라서, 추억이 담긴 거라서, 비싸게 산 거라서 등등의 이유는 더는 내게 아무런 힘을 발휘하지 못했다.

물건에 깃드는 감정을 끊고 나니, 상처만 주는 인간관계, 고치고 싶던 나쁜 습관, 불편한 감정과 마음 등 나를 힘들게 하는 것들의 사슬을 끊는 것도 한결 쉬워졌다.

그 후에도 한번 더 비슷한 재난 상황을 겪었다. 제주도의 어느 호텔에서 묵고 있을 때였다. 한밤중에 갑자기 호텔에 화재가 발생했으니 대피하라는 경보가 울려 퍼졌다. 복도의 모든 창문은 자동 개방이 되었고, 투숙객들은 갑작스러운 상황에 우왕좌왕했다.

우리 부부는 서둘러 대충 옷만 걸치고 맨몸으로 망설임 없이 비상구 계단을 따라 1층 로비로 뛰어 내려갔다. 심장이 쿵쾅쿵쾅 뛸 정도로 소란스러웠던 화재경보였지만 다행히 해프닝 정도로 끝났다.

마음을 진정시키며 다시 호텔 방으로 돌아가서 여행가방을 물끄러미 바라보았다. 갑작스럽게 울린 화재경보에 놀라서 그저 여기서 죽으면 안 된다는 생각에 내 몸만 간신히 피하고, 물건은 단 하나도 챙기지 못했다.

물건은 그저 물건일 뿐이다. 더는 내게 '소중한' 물건이라는 것은 없다.

잘 채우는 미니멀리즘

10년간 단순하고 가볍게 살기 위해 고군분투하면서 알게 된 사실 하나는 미니멀 라이프에 획일화된 정답은 없다는 것이다.

미니멀 라이프의 큰 틀은 내 인생의 과한 것들을 줄여 감당 가능한 크기로 만드는 것이다. 그 과정이나 모습은 모두 다를 수 있다. 물건을 모두 버리는 것만이, 온 방 안을 새하얗게 만들고 싱크대 위를 깨끗이 비우는 것만이 미니멀 라이프는 아니다.

또 줄이는 것은 꼭 물건에만 해당되는 이야기가 아니다. 과다한 지출, 과한 업무, 복잡한 인간관계, 과식, 좋지 못한 습관이나 마음가짐일 수도 있다.

누군가는 품질이 좋고 비싼 물건으로만 적게 소유하는 삶에 만족감을 얻기도 하고, 누군가는 무소유와 검소함에 무게를 두기도 한다.

누군가는 집안일에 들이던 시간을 줄여 육아에 더욱 집중하기 위해, 누군가는 아무것도 없는 방에서의 고요와 평온함을 즐기기 위해 미니멀 라이프를 시작하기도 한다. 최소한의 소유와 극도의 절약을 통해 무언가를 이루기 위해, 그저 덜 소유하고 더 존재하기 위해 미니멀 라이프를 시작하기도 한다. 그래서 모든 사람의 미니멀 라이프는 제각각의 모습을 가지고 있다. 당연히 옳고 그르다는 판단 자체가 끼어들 수 없다.

많은 사람들이 남과 다르게 사는 것을 불안해하고 정답이 없는 것을 어색해한다. 그래서 미니멀 라이프에도 하나의 정답이 있는 것처럼 굴며, 자신이 생각한 틀을 벗어나면 안 되는 것처럼 자기검열을 한다. 자신의 기준으로 타인의 삶에 손가락질을 하기도 한다. 나는 이 부분이 참 아쉬웠다. 삶의 모습이 모두 같을 수 없듯이, 미니멀 라이프도 모든 사람이 같을 수 없는데 말이다.

나의 미니멀 라이프는 10년간 많은 변화를 겪어왔다. 처음에는 귀찮아서 쌓아두었던 쓰레기들을 버렸고, 그다음에는 사용하진 않지만 아까워서 가지고 있던 물건들을 비웠다. 물건이 사라진 자리에 여유가 깃들면서 나는 차츰 비우기 어려웠던 물건들도 버리기 시작했다. 물건 속에 담아둔 나의 과거, 실패, 미련, 집착도 함께 정화할 수 있는 시간이었다.

그렇게 남긴 최정예 요원 같은 물건들은 내게 더욱 소중해졌다. 적은 물건만으로도 충분히 만족스러운 생활을 하게 되면서 내 인생에 무엇이 가장 중요한 가치인지 알게 됐다.

내가 관리할 수 있는 크기를 벗어난 모든 것이 내 인생을 얼마나 낭비하게 했는지도 깨달았다. 나를 괴롭히던 것들이 눈에 보이기 시작하면서 하나씩 끊어낼 수 있었다. 인간관계, 직장, 과소비, 과식, 불안, 집착, 돈에 대한 욕망 등등. 몇 년간 수없이 많은 가지치기를 반복함으로써 나를 낭비하게 하고 불편하게 했던 복잡한 모든 것을 비워냈다.

비워낸 자리는 건강한 것들로 채웠다. 채식을 시작했고, 일찍 자고 일찍 일어나는 수면 습관을 길렀으며, 운동을 하고, 절약을 했다. 군더더기 하나 없이 내 마음에 쏙 드는 인생을 살게 되면서 내 삶이 온전히 나 자신으로 채워진 느낌을 받았다.

내게 버리는 것보다 중요한 것은 똑똑하게 채우기였다. 어설픈 100개를 사 모으기보다 꼭 필요한 것 하나를 채우는 것, 이왕이면 내게 건강하고 영양가 있는 것들로 잘 채우는 것. 그렇게 잘 채운 덕분에 버릴 것이 없어지고, 버리지 않게 된 덕분에 지갑도 든든해진다.

자연스럽게 가족과 이웃을 넘어 환경과 동물, 지구에도 마음이 가기 시작했다. 제로 웨이스트를 실천하고, 기부와 기증을 하고, 주기적으로 헌혈을 한다. 내 인생에서 행복과 만족감이 넘치니 그 마음이 주변으로 자연스럽게 흐르게 되는 것이다.

처음 시작은 막연한 물건 비우기였지만, 지금은 신중하게 비우고, 똑똑하게 채우며, 나다운 미니멀 라이프를 실현하고 있다.

나는 왜 안 될까.
나는 왜 아직도 옷들을 다 버리지 못할까.
나는 왜 이렇게 사고 싶은 물건들이 많을까.
나는 왜 큰 집이 좋을까.

다른 사람들의 미니멀 라이프와 비교하며 자신을 힘들게 하지 않았으면 좋겠다.

미니멀 라이프의 궁극적인 이유가 내 인생 더 잘 살아보려고, 더 행복하게 살아보려고 하는 게 아닐까. 너무 나를 괴롭히면서까지 빈 공간을 만들겠다고, 무채색의 단순한 옷만 걸려 있는 옷장과 아무것도 올라가 있지 않은 텅 빈 싱크대를 만들겠다고 힘들어하지 않았으면 좋겠다.

각자가 자기다운 라이프를 만들어갔으면 좋겠다. 정답은 없다.

작별 인사도 아름답게

오늘도 약속 시간에 맞춰 옷을 챙겨 입고 집을 나섰다. 오늘의 약속은 중고 판매. 오늘 팔 물건은 1년간 세계여행을 하며 언제나 내 등에 껌딱지처럼 붙어 있던, 나의 분신과도 같았던 여행 배낭이다.

추억의 물건 삼아 계속 품고 있을까 하는 생각도 해보았지만, 늘 그렇듯 내가 더는 사용하지 않는 물건을 집에 방치하는 것이야말로 낭비이고 사치라고 생각했다. 그렇게 판매 목록에 올렸고, 얼마 지나지 않아 구매하고 싶다는 사람이 나타났다.

크고 무거운 배낭을 손에 들고 약속 장소로 걸어가면서 배낭을 메고 세계를 누비던 기억을 떠올렸다. 처음에는 너무 딱딱하고 아파서 어깨와 골반이 발갛게 붓기도 했는데, 오랜 시간 함께 하며 내 몸에 딱 맞게 변해준 아주 고마운 물건이다. 하지만 앞으로 장기간 배낭을 메고 어딘가로 여행을 떠날 일이 없을뿐더러, 캐리어와 작은 쇼퍼백만으로도 여행이 가능하니 앞으로 영영 멜 일이 없을 것이다. 여러 감정이 스치는 소중한 물건이지만 더 이상 쓰지 않는 나보다는 지금 당장 필요한 사람에게 가는 편이 여러모로 좋겠다는 생각이 들었다.

내 배낭을 산 사람은 얼마 뒤 제주도 올레길을 걷기 위해 이 배낭을 구입하고 싶다고 했다. 배낭을 판매하고 가볍게 집으로 돌아와 배낭이 빠져 나간 빈자리를 보았다. 어쩐지 나의 여행도 여기서 진짜 끝난 것 같은 기분이 들었지만 배낭이 나간 자리에 우리의 두꺼운 솜이불이 들어가면 되겠구나 생각하며 배낭에 대한 아쉬움을 훌훌 털어 날렸다. 한편으로 나의 배낭은 앞으로도 사람들의 손을 타고 전해지며 그렇게 여행을 이어나갈 것이라 생각하니 기분이 한결 나아졌다.

중고 판매는 참 의미 있는 일이다. 내게 더는 필요 없어진 물건을 계속 필요로 하는 사람에게 전달해줄 수 있으니까. 내 배낭은 구입가의 10퍼센트도 안 되는 가격에 팔렸지만, 정말 필요로 하는 사람에게 전해졌다는 생각을 하면 그 금액도 충분히 가치 있게 느껴졌다.

멀쩡하지만 버려지는 수많은 물건의 수명을 늘려줄 수 있고, 그만큼 지구를 덜 해칠 수 있다는 큰 의미도 있다. 그리고 무엇보다 중고 거래는 내 물건의 소중함을 한번 더 생각해볼 기회가 된다. 천 원짜리 한 장, 작고 사소한 물건 하나도 허투루 쓰지 않으려고 노력하는 사람들을 만나 나의 소비 생활을 되돌아보는 기회도 된다.

꼭 사고 싶다며 정확하지 않은 한국어로 번역한 메시지를 보내와서 대화를 주고받을 때마다 나를 빵빵 터지게 만들었던 귀여운 외국인. 마침 어제 이어폰 줄이 끊어졌는데 원래 쓰던 이어폰과 똑같은 걸 더 싼 가격에 살 수 있어 기쁘다던 아저씨, 하자 있는 부분을 보여드렸더니 "이어폰이 소리만 잘 들리면 그만이지요"라는 명언을 남겨주셔서 나를 한동안 생각에 잠기게 했다. 그리고 집에 돌아가지도 않고 그 자리에서 바로 구입한 의자에 앉아보며 감탄사를 연발하던 학생까지, 중고 거래를 통해 만난 많은 분들은 내게 귀감이 되고 영감을 주었다.

고작 중고 물건을 판매하기 위한 찰나의 만남이었지만 그들의 삶의 파편을 엿보며 나는 나를 되돌아보곤 했다. 혹여 내가 나의 물건을 너무 함부로 대하고 있지는 않은지, 얼마 안 가서 안 쓰게 되었다고 중고 판매를 할지도 모르는 물건을 너무 쉽게 사려는 것은 아닌지.

최선을 다해 쓸모를 다할 때까지 사용할 것, 그 뒤에는 버리기보다 나누는 것을 택할 것.

요즘은 물건을 사는 것만큼이나 비우는 것에서도 책임을 다해야 한다고 생각한다. 구입할 때뿐만 아니라 내게 쓰임을 다하여 비워야 할 때에도 마음이 기쁘고 아름다운 모습으로 작별하고 싶다. 신중하게, 무언가를 내 마음에 들이는 것은 모쪼록 조금 더 신중하게.

계절이 바뀌었다. 옷을 정리해야 할 때가 왔다. 옷장을 열고 비울 옷들이 있는지 추려본다. 이것들은 중고시장에서 얼마의 가치에 팔릴까.

설레는 물건만 남기라는 유명한 미니멀리스트의 명언을 듣고 나는 머리에 도끼를 얻어맞은 것처럼 유레카를 외쳤다. 그러고는 명확하고 정확하게 내게 설레는 물건들을 가려낼 수 있는 사람이 되었다. 아마 그 명언은 콩닥콩닥 설렐 만큼 좋은 감정으로 바라보고 사용할 수 있는 물건들만 곁에 남겨두라는 뜻이었으리라.

더 이상 설레지 않는 두어 벌의 옷을 꺼내어 사진을 찍은 다음 당근마켓에 올렸다. 며칠 내로 나는 또다시 새로운 구매자를 만나 어색한 듯 아주 익숙한 인사를 나눌 것이다.

"혹시…… 당근?"

"아, 네. 당근!"

사과 한 박스의 교훈

지난 명절에 엄마가 사과 한 박스를 보내주셨다. 처음부터 상태가 안 좋은 사과들이 있어서 사과잼을 만들겠다며 따로 보관해두었는데 귀찮다는 핑계로 차일피일 미루다가 결국 모두 상해서 버리게 되었다. 3일이 지나도 꽉 차지 않던 우리 집의 1리터짜리 음식물 쓰레기봉투 두 장이 사과들로 꽉 차 버렸다. 버리는 데에도 돈이 들었다.

집에서 만든 잼을 좋아하지 않는 편인데, 그냥 사과가 남아서 만들어보려고 했다. 아니나 다를까. 내가 안 좋아하니까 잼을 만드는 것이 번거롭게 느껴졌고 결국 미루고 미루다가 아까운 사과를 버리게 되었다. 예전에는 마트에 가면 늘 침을 꼴깍 삼키며 쳐

다보았던 사과가 꼴도 보기 싫어졌다. 서너 알에 5000원을 주고 사 먹을 때는 그렇게도 맛있더니, 냉장고 안에 가득 들어 있는 사과를 볼 때는 빨리 먹어치워야 한다는 생각에 마음이 불편해졌다.

먹는 것이 감사한 행복이 아니라 갚아야 하는 빚이 되었다. 심지어 처음에는 달고 맛있던 사과가 나의 변심인지 사과의 변심인지 맛도 그저 그렇게 느껴졌다.

게다가 사과가 냉장고에 가득하니, 어디에 뭐가 있는지 파악도 되지 않아서 버리는 식재료들도 생겼다. 이 작은 137리터짜리 냉장고에서도 버리는 것이 나오고, 언제 넣어두었는지 기억조차 나지 않는 식재료가 생기다니, 당황스러웠다.

감당할 수 있는 수준을 넘어서는 음식도 식재료도 결국 모두 사람의 욕심이구나 싶었다. 자주 구입해야 하는 불편을 감수하고라도 적게, 작게, 내가 당장 먹을 만큼만 사 먹는 방식이 나와 더 잘 맞는다. 늘 먹어야 하는 음식이 가득한 냉장고보다, 언제나 바로 요리할 수 있는 식재료가 풍성한 냉장고보다 평소엔 텅 비어 있고 가끔 조금씩 채워두는 나의 작고 빈곤한 냉장고가 훨씬 마음이 편안하고 좋다.

어느 집이나 그렇듯이, 우리 집도 주로 평소에 먹던 익숙한 것만 만들어 먹는다. 장 보는 목록도 늘 비슷해서 비슷한 식재료로 비슷한 음식을 만들어 차려낸다. 일부러 그러는 건 아니지만, 그냥 익숙지 않은 것들은 사지 않게 된다. 간혹 요리 열정이 불타오르는 날, 새로운 도전을 하겠다는 열망으로 사온 생소한 식재료는 결국 손이 가지 않아 절반 이상 버려지기 일쑤다. 그래서 이제는 애초에 사지 않게 된다.

하루에 한 봉지씩 먹는 견과류가 있다. 남편이 한번은 15봉지 들이 한 상자를 사 먹더니 이왕이면 많이 사두고 먹고 싶다고 했다. 그래서 90봉지가 들어 있는 큰 상자를 하나 샀다. 남편이 90봉지면 3개월치밖에 안 된다고 말하던 그 견과류는 결국 1년이 지날 때까지 그대로 있다가 유통기한이 지나 버리게 되었다.

본인이 많이 사자고 했다가 결국 버리게 된 것이 미안했는지 남편은 봉지와 견과류를 분리하는 작업을 하며 내내 아깝다는 말을 뱉었다.

"그럼, 여보, 내가 견과류 강정 만들어줄 테니까 다 먹을래?"

안 먹는단다. 버리기는 아까운데 먹기는 싫은 마음일 것이다. 이번 경험으로 남편이 나와 함께 욕심을 버릴 수 있었으면 좋겠다.

많은 것보다 적은 것이 편한 것은 음식뿐만이 아니다. 몇 개월간 잘 사용했던 머리끈을 잃어버리고 마트에서 새로 구입했는데, 낱개가 아니라 세 개가 들어 있었다. 많으면 더 편할 거라고 생각했다. 하지만 머리끈이 세 개나 되니까 아무데나 두는 바람에 이리저리 찾아다니는 경우가 많았다. 내가 마지막으로 머리끈을 보관한 장소를 자꾸 깜박했고, 어차피 여러 개 있으니 관리도 소홀해졌다. 아주 작고 사소한 머리끈 하나도 많이 갖게 되면 오히려 생활이 불편해짐을 느꼈다. 그래서 머리끈도 하나만 갖기로 했다.

많이 늘어진 것은 버리고, 새것 같은 머리끈은 노트북 충전기를 정리하는 용도로 썼다. 그리고 내 손목에는 내가 유일하게 딱 하나 가지고 있는 머리끈을 감아두었다. 이제 머리끈이 어디 있는지 잊어버리는 일은 절대 없을 것이다.

행복한 맥시멀리스트를 만나다

친구가 작년 여름에 집주인이 되었다. 한참 집 꾸미기에 재미 들렸다는 소식을 들었는데, 얼마 뒤 집들이에 초대를 해주었다. 집들이 며칠 전에 뭐 필요한 것 없냐는 나의 질문에 친구는 이렇게 답했다.

"나 맥시멀리스트라서 집에 없는 거 없이 다 있어. 그냥 와."

맥시멀리스트의 집에 초대받은 미니멀리스트라니! 그날 이후 어쩐지 친구 집에 가는 날이 더 많이 기다려졌다. 나와 완전하게 다른 취향을 가진 이의 집이니까. 어떤 집일지, 어떤 느낌일지 친구의 생활이 궁금했다.

집들이 선물은 먹을 것을 사기로 했다. 내가 고심해서 실용성 있는 물건을 고른다고 한들, 맥시멀리스트라는 친구의 집에는 분명 겹치는 물건이 있을 게 뻔했다. 예쁜 쓰레기로 전락해버릴 선물은 하고 싶지 않았다. 음식은 먹으면 흔적도 없이 사라지니까, 이보다 더 미니멀리스트다운 선물은 없을 것이다. 카스텔라 빵과 수입 초콜릿 세트를 들고 친구 집으로 향했다.

문을 열고 들어서자 기분이 좋아지는 은은한 향기가 풍겼고 거실의 커다란 창에는 높은 산과 푸릇푸릇한 나무가 가득 들어차 있었다. 이 집에 이사 온 뒤로는 어디 가고 싶지 않아서 집에 가만히 있게 된다는 친구의 말에 나는 고개를 끄덕였다.

친구의 집은 성수기에는 몇 달 전에야 겨우 예약에 성공할 수 있을 것 같은 인기 많은 독채 포레스트뷰 감성 숙소 같았다. 좋아하는 물건들로 가득 채우고 아기자기하게 꾸민 집은 친구를 닮아 정말이지 너무 사랑스럽고 예뻤다.

그리고 친구의 말대로, 친구의 집에는 모든 것이 다 있었다! 필수적인 가전제품과 가구뿐만 아니라 2030여성들의 로망인 각종 브랜드의 살림들을 비롯해 처음 보는 독특하고 신기한 물건들도 많았다.

세 가지 향의 인센스 스틱을 차례로 태우고, AI 스피커에게 원하는 음악을 틀어달라고 요청하고, 건조기에서 갓 나온 뽀송뽀송

한 호텔 수건의 향을 맡으면서 그렇게 나는 신문물을 찬양했다.

가장 흥미로웠던 것은 무조건 밖에서 사 먹어야 한다고 생각했던 음식들을 집에서 척척 만들어주는 물건들이었다. 꼭 어린 시절로 돌아가 소꿉놀이를 하는 기분에 신이 났다.

타코야키 기계로 타코야키를 만들어 먹었다. 와플 기계로 크로플을 구운 다음 카페처럼 하겐다즈 아이스크림을 올리고 메이플 시럽을 뿌려서 예쁜 포크와 나이프로 잘라 먹었다(친구가 줄줄이 읊던 크루아상 생지 브랜드를 그곳에 앉아 있던 그 누구도 알아듣지 못했다). 원두도 세 가지나 있어 각자 취향대로 드립 커피로 내려 마셨다. 제일 양이 적은 원두를 사다가 다 먹고 나서야 새로운 원두를 구입하는 나로서는 친구 집이 보물창고처럼 느껴졌다.

브런치 카페와 분위기 좋은 레스토랑이었던 친구의 집은 밤이 되니 또 다른 공간으로 변모했다.

"보이차 마실래?"

그 한마디에 친구의 집은 어느새 호젓한 찻집으로 변신. 다도 세트 앞에 차례로 앉으니, 세상의 힙한 물건들은 모두 사라지고 갑자기 <효리네 민박>에서 이상순 씨가 고즈넉하게 앉아 우아하게 차를 마시던 그런 집이 되었다. 지방을 분해해준다는 말에 친구가 주는 보이차를 덥석덥석 받아서 연거푸 몇 잔을 마셨다.

시간이 굉장히 편안하게 흐르는 느낌이 들었다. 분명 친구의 집은 빈 공간이 없을 만큼 물건으로 가득 차 있었지만 물건에 점령당했던 나의 과거와는 무척 대조적인 모습이었다. 많은 물건은 오직 답답함과 스트레스만을 만들어낸다고 생각했는데, 친구에게는 모든 물건이 기쁨이자 행복의 원천처럼 보였다.

더는 뺄 수 없을 만큼 간결하고 단순하게, 최소한의 물건만으로 사는 라이프스타일에서 내가 행복과 만족을 느끼는 것처럼 친구는 좋아하는 물건들로 집 안을 가득 채우고 예쁜 것, 갖고 싶은 것, 신기한 것들을 구입하고 써보며 누구보다 즐겁게 살고 있었다. 인생을 재미나게, 진짜 진짜 행복하게!

하루가 온통 낯설고, 새롭고, 신기했다. 예쁘고, 아름답고, 즐거웠다. 그리고 맑고, 신선했다. 다른 이의 집을 경험한다는 것은 놀라운 일이었다. 미니멀이든 맥시멀이든 우리가 물건을 대하고 취하는 방식은 우리가 행복을 느끼는 쪽이어야 한다는 진부한 진실을 새삼 깨달았다.

무인도에서 살아보기

언제나 무엇을 더 내려놓을까 고민하던 삶이었다. 내려놓을수록 자유롭다는 것과 얽매이지 않을수록 인생이 홀가분해진다는 것을 알면 알수록 '더 가벼운 생활'에 대한 갈증을 느꼈다. 인생에서 한 번쯤은 극한으로 제한된 생활을 해보고 싶었다.

내 인생에 얼마만큼의 물건이 필요한지, 나는 어디까지 불편함을 감수할 수 있는지, 얼마만큼 내가 가진 것과 누리는 것들을 내려놓을 수 있는지 직접 몸으로 부딪혀가며 알아가고 싶었다.

그렇게 살아볼 수 있는 곳이 있다는 이야기를 얼핏 들었다. 태국 남부에 있는 작은 섬이다. 전기도 온수도 와이파이도 없는 곳.

숙소도 없어서 입도객 전원이 모두 텐트 생활을 해야 하는 국립공원 무꼬수린.

있는 것보다 없는 것이 더 많은 무꼬수린은 매년 섬 개장과 동시에 전 세계 각지에서 사람들이 찾아와 한두 달씩 머물다 간다고 했다. 불편한 것이 무척 많을 텐데도 사람들이 찾는 데는 이유가 있을 것이란 생각이 들었다. 아는 사람들끼리만 알음알음 공유하는 비밀 아지트 같았다. 인터넷 포털 사이트에 검색해도 다른 여행지와 다르게 한정된 정보와 후기만 있을 뿐이었다.

나도 가보고 싶었다. 이곳이라면 아무것도 없는 생활을 해보고 싶다는 나의 실험을 완벽하게 실행해볼 수 있을 것 같았다. 세계 여행을 기획하며 무꼬수린에서 머물 계획을 잡았다.

무꼬수린은 1년 중에 정해진 기간만 머물 수 있고 평소에는 무인도로 관리되는 곳이기에 날짜를 잘 맞춰야 했다. 방콕에서 푸켓으로, 푸켓에서 남부 해안의 작은 마을 쿠사부리로, 쿠사부리 선착장에서 섬으로, 버스를 타고 택시를 타고 배를 한 번 갈아타면서 겨우 무꼬수린에 도착하던 날, 배에서 내리는 것부터가 난관이었다. 섬에는 따로 선착장이 없었다. 얕은 해변에 내려서 직접 자기 짐을 들고 걸어 들어가야 했는데, 긴 바지에 운동화를 신고 큰 배낭을 멘 나는 옴짝달싹할 수 없었다. 긴 바지를 허벅지까지 걷고 신발은 벗어서 가방에 동여맨 다음 남편의 도움으로 겨우 육지로 나왔다.

모래사장을 지나 함께 배에서 내린 사람들을 따라 우거진 숲길로 들어섰다. 원숭이가 나무를 타고 있고, 가까운 나뭇가지에 앉은 새가 사람을 보고도 피하지 않고 목청껏 지저귀고 있었다. 가볍게 휙 둘러보기만 해도 이곳에 문명이란 것은 없었다. 오직 자연만이 존재하는 곳이었다.

데스크에서 국립공원 입장료와 텐트 비용을 지불하고 직원을 따라 우리에게 배정된 텐트를 찾았다. 나무들이 울창한 해변에는 국립공원에서 관리하는 수십 개의 텐트가 즐비했는데 우리 부부는 그중 가장 인기가 많다는 자리에 배정되었다. 탁 트인 오션뷰! 바닷가 바로 앞에 있는 텐트였다.

"오션뷰 텐트에 배정받기 쉽지 않은데. 운 좋게 오늘 누군가 섬을 떠났나 보네요."

짐을 푸는 나를 힐끗 본 외국인 여행자가 엄지손가락을 치켜세우며 운이 좋다고 말했다. 그에게 씨익 웃어 보이고는 짐을 마저 풀었다.

사실 특별히 풀 짐도 정리할 짐도 없었다. 딱 두 사람이 누울 수 있는 크기의 텐트 하나가 전부였으니. 아무런 준비도 없이 그냥 세계 여행 배낭 하나 메고 들어온 우리에게는 베개도 이불도 없었다. 옷을 담은 주머니를 베개 삼고 긴 외투와 셔츠를 이불 삼아 자야 했다.

무꼬수린에 대한 이야기를 남편에게 처음 건넸을 때, 남편은 군대에서 행군하던 때와 비슷한 생활을 하게 될 것 같다며 싫다고 했다. 그런 남편을 설득해서 힘겹게 찾아온 무꼬수린인데, 첫날부터 불안해졌다.

더위로 찜통인 텐트 안에 누워 있자니 나의 땀과 땅의 습기가 만나 텐트 바닥에 몸이 쩍쩍 붙었다. 나무 그늘에 앉아도 시원한 바람 한 점 불지 않고, 바다에 들어가지 않아도 금세 온몸이 소금기를 머금었다. 입술에서 자꾸만 짠맛이 났다.

일반적인 숙소라면 리모컨 하나로 에어컨을 빵빵하게 틀 수 있을 텐데, 이곳에는 에어컨은커녕 선풍기조차 없었다. 전기 자체를 쓸 수 없으니까. 혹시 유일한 식당 겸 안내데스크인 건물에는 에어컨이나 선풍기가 있지 않을까? 은근히 기대하며 가보았지만 맙소사! 벽과 문이 없는, 광활하게 펼쳐진 오픈 식당이었다.

무더위를 온몸으로 그대로 받아들여야 하는 상황이 되니 후회가 밀려들었다. 오지 말걸. 철저하게 도시형 여자인 내가 무슨, 아무것도 없이 자연인처럼 살아보겠다고. 이 실험은 그렇게 실패하는 것 같았다. 내일이라도 이 섬을 떠날 배편을 알아봐야 하나

고민했다.

그러나 사람은 적응의 동물이라고 했던가. 나는 아무것도 없는 이곳의 생활에 조금씩 스며들듯 적응했다. 어차피 땀은 계속 나니까 샤워 대신 시원한 바닷물에 들어갔다 나와서 햇볕에 몸을 말렸고, 온몸이 소금이 될 것 같을 때는 한 번씩 샤워장에 가서 옷을 입은 채로 간단하게 찬물 샤워를 했다. 과연 내가 찬물로 샤워를 할 수 있을까 싶었는데, 숨을 크게 참고 미친 듯이 재빠르게 끝내면 그럭저럭 괜찮았다.

인터넷도 없고, 음악도 없고, 카페도 없는 곳. 해가 지면 온 세상이 깜깜해져서 자는 것 외에는 아무것도 할 수 없고, 새벽에 해가 뜨면 해를 피할 곳이 없어 눈을 떠야 하는 곳. 아무것도 없어서 아무것도 할 수 없는 단순한 이곳에서 나는 점점 더 내가 원하는 단순함을 맛볼 수 있었다.

동틀 무렵이면 눈을 비비고 일어나서 텐트 문을 걷었다. 바다와 하늘이 연결되어 있던 수평선에서 해가 떠오르며 다채롭게 물들어가는 광활한 자연을 감상했다. 아침마다 우리 텐트 근처에서 싸우는 원숭이 두 마리를 구경하고, 바닥에 쪼그리고는 매일 조금씩 성장하는 새싹들을 응원했다. 오전 7시 30분 식당이 문을 열면 메뉴판을 보고 아무거나 골라 시켜 먹었다. 돌아와서는 텐트 끝자락에, 나무 기둥 위에, 모래사장 바닥에, 의자가 없어도 앉을 곳이 무궁무진한 자연 속에 앉아 멍 때리며 시간을 보냈다.

재미있는 건 모두가 할 일이 없다 보니 텐트촌에서 크고 작은 모임이 열리기 시작한 것이다. 명상을 하는 무리, 해안에서 요가를 하는 무리, 파도가 밀려오기 직전까지 공 들여 모래탑을 쌓고 공든 탑이 무너지는 모습을 천천히 지켜보는 무리 등이 있었다. 신기한 것은 이곳에서 머물고 있는 사람들은 맨몸으로도 충분히 시간을 잘 보내고 있다는 것. 도시에서라면 절대 그렇게 보내지 않았을 시간을, 이곳에선 모두들 당연하게 보내고 있었다. 아주 조용하게, 아주 무용하게, 그렇지만 모두 그 나름대로의 의미를 찾으며.

불편해야 마땅한 이곳에서 머무는 기간이 길어질수록 나의 몸과 마음은 편안해져갔다. 굳이 시간을 내어 명상과 마음챙김 수련을 하지 않아도 이미 나는 평온하고 순간순간 큰 감사와 기쁨을 느꼈다. 그저 투명한 바다 위에서 유영하는 순간이 좋았고, 가만히 앉아 멍 때리는 것만으로도 시간이 잘 갔다. 그 이상은 바라지도, 바랄 수도 없는 곳이었다. 너무 자연스럽게 나와 남편은 휴대전화를 내려놓았다. 우리는 와이파이를 잡아보려고 애를 쓰지도, 시간을 확인하지도 않았다. 전자기기와 세계 공통의 시간으로부터 자유로워진 우리는 해 뜨는 시간과 해 지는 시간을 기준으로 일어나 밥을 먹고 잠을 자는 아주 단순한 생활을 했다.

살아가기 위해 꼭 필요한 것은 정말로 많지 않았다. 나를 풍요롭게 만들어주는 수많은 문명의 혜택과 물건들이 내 삶에서 사라진다 하더라도 내 삶이 무너지는 게 아니라 나는 또 다른 풍요를 느끼며 살아갈 수 있다는 사실을 알게 되자 안심이 됐다.

이제는 뭔가를 더 얻겠다고 종종거리지 않을 것이고, 내가 가진 것을 잃거나 놓칠까봐 손아귀를 꽉 쥐며 살지도 않을 것이다. 그렇게 무꼬수린에서 텐트 생활을 하며 느낀 것들은 내 삶에서 지침처럼, 초심처럼, 귀하게 쓰이고 있다. 그러다 사는 게 바빠져서 이 마음을 잊어버릴 때면 한 번씩 무꼬수린으로 돌아갈 것이다. 그땐 배낭조차 가져가지 않을 생각이다.

1년간의 노쇼핑

1년간 아무것도 사지 않는 생활을 해보기로 했다. 나는 플랫슈즈를 좋아하고 원피스도 좋아하고 반짝거리는 액세서리도 좋아한다. 예쁜 옷과 신발을 착용하고 나들이 가는 걸 좋아하는 사람으로서 신발이든 옷이든, 1년간 내 몸을 치장하는 무언가를 사지 않는다는 것은 굉장한 도전이었다.

쉬운 길은 아니었다. 노쇼핑을 하기에는 세상에 예쁜 신발과 새로운 옷들이 너무 많이 쏟아져 나온다. 의류 사이트와 백화점, 길거리 옷가게 등을 무심하게 지나치면서 때로는 내 모습이 초라하게 느껴질 때도 있었다. 사람 심리가 참 신기한 게 분명 아무 생각이 없었는데 새것을 보면 갑자기 사고 싶어진다. 내게 필요하지 않은 걸 잘 알면서도 그저 '사고 싶다!'라는 생각에 흔들릴 때도 있다.

하지만 미니멀라이프를 하면서 무언가를 사지 않는다는 게 조금은 쉬워졌다. 나를 잘 알게 되고 내가 가진 물건들을 헤아리게 되면서 지금 이대로도 충분하다는 마음이 충만해졌다.

매 계절마다 통과 의례처럼 옷과 신발 쇼핑을 하고는 했었는데 그러지 않아도 충분히 행복하게 살 수 있다는 것을 알게 되었다. 옷을 깨끗하게 세탁해서 관리하고, 통일된 옷걸이로 옷가게처럼 정리해주는 것만으로도 나는 예전보다 내가 가진 옷을 더 좋아하게 되었고 소중히 대하게 되었다. 그래서 정말로 새로운 옷을 사고 싶은 마음이 모두 사라졌다. 더불어 내가 즐겨 입는 옷들만 남겨두니, '오늘은 뭐 입지'라는 고민을 하지 않게 되어 외출 준비도 짧아졌다. 현재 나의 사계절 옷은 모두 합쳐 30벌이다.

엄마가 어릴 때는 살기 어려워서 언니 오빠가 입던 옷을 물려받아 그마저도 닳고 해질 때까지 입고 나서야 할머니가 새 옷을 사주셨다고 한다. 부모님이 1년에 한 번쯤 새 옷을 사주시면 너무 좋아서 매일 그 옷만 입었다고 했다.

곰곰이 생각해보니, 나는 단 한번도 옷이 해지거나 낡아서 버린 적이 없었다. 그저 입다가 질리거나, 처음부터 내 사이즈나 스타일이 아닌 옷들을 충동적으로 구입하고 쉽게 버렸다. 신발도 마찬가지였고.

어쩌면 모든 게 너무 풍족해져버린 세상이 내게서 적지만 더 즐겁고 행복하고 만족스러울 수 있는 환경을 앗아간 게 아닐까 하는 생각이 들기도 했다. 새로운 옷과 물건들을 매달 사들이는데도 온전한 행복을 갖추었다는 기분이 들지 않는 게 문득 이상하다는 생각을 한참 하던 시기였다. 그래서 혼자 속으로 다짐했다. 옷도 신발도 낡고 해질 때까지 입고 신어보자!

그렇게 노쇼핑 1년째 되던 날, 1, 2년 전에 구입했던 플랫슈즈 세 켤레와 운동화 한 켤레가 다 낡고 닳았다. 낡은 네 켤레의 신발을 모두 처분하고, 운동화와 플랫슈즈를 한 켤레씩 구입했다. 1년 만에 생긴 내 마음에 쏙 드는 새 신발들이 매일 아침 나를 기분 좋게 맞이한다. 오랫동안 기다리고 만난 새 신발이라서 더 기분이 좋다.

이제는 막연히 신상이 나와서, 세일을 해서, 그냥 예뻐서 무언가를 구입하는 것은 나와는 먼 이야기가 되었다.

아이 쇼핑만으로도 대리만족을 할 줄 알게 되었고, 갑자기 사고 싶은 물건이 아니라 필요한 물건을 구입하는 습관도 생겼다. 한마디로 쇼핑과 유행에 휘둘리지 않는 힘이 생긴 것이다.

옷장에는 내가 좋아하는 옷들만 걸려 있고, 신발장의 공간은 넉넉해졌다. 품위 유지비에 돈이 적게 드니, 저축하는 돈이 늘어난 것은 덤이다. 앞으로도 무분별하게 충동 소비를 하며 새로운 물건들을 사들이는 즐거움보다는 내가 가진 최소한의 것들을 소중하게 다루며 오래오래 사용할 줄 아는 사람이 되고 싶다.

Part 2

작은 집, 간소한 살림 : 공간

분수에 맞는 집에서 산다

여행을 떠난다고 집을 처분했다가 한국에 돌아와서 다시 집을 구하는 건 쉬운 일이 아니었다. 남편의 직장이 정해지자 우리는 그 근처에 집을 구하기 위해 매일 부동산을 돌아다니기 시작했다.

우리가 가진 돈으로 머물 수 있는 집의 상태는 생각보다 열악했다. 햇빛이 하나도 들지 않아 퀘퀘하고 스산한 1층 빌라에서부터 담배 냄새에 찌들고 곰팡이가 가득 피어 있는 노후된 주택까지, 마음에 드는 집이 하나도 없었다.

일주일 넘게 매물로 나온 집을 샅샅이 뒤져보았지만 수준은 모두 비슷했다. 게다가 집을 구하러 다니면서 보는 눈은 나날이 높아져갔다.

마침 집을 구하던 시기에 부동산 정책이 바뀌면서 집값이 크게 올랐고, 그 여파로 전세 매물이 없었다. 여기저기서 부동산 이야기로 떠들썩했고, 더 늦기 전에 집을 사야 한다는 분위기가 삽시간에 퍼졌다. 너도 나도 '영끌'해서 집을 샀다는 후기가 곧잘 들려왔다. 부동산 중개소에서는 우리도 이왕이면 이번에 대출을 일으켜서 집을 사라고 부추겼다. 그게 돈 버는 길이라고 했다.

마음이 흔들렸다. 나는 언제나 내가 가진 것만으로도 충분하다고 생각하며 살았는데, 집을 보러 다니면서 내가 가진 것이 한없이 부족하게 느껴졌다.

예전이나 지금이나 가진 양은 똑같은데 마음이 괴로워졌다. 빈곤함이 느껴졌고 더 빨리 더 많은 돈을 벌어야 한다는 생각에 마음이 조급해졌다. 집값이 더 오르기 전에 우리도 어떻게든 대출을 끌어 모아 집을 한 채 사둬야 마음이 편해질 것 같았다. 매일 밤마다 발을 동동 구르던 나에게 제동을 걸어준 것은 다름 아닌 남편이었다.

"여보, 세계 여행 하며 배운 것들을 떠올려봐. 집 없이도 우리 지금까지 충분히 만족하며 잘 살았고, 앞으로도 그럴 거야. 당장 집을 못 산다고 해서 우리가 가진 게 충분하지 않은 게 아니야. 알고 있잖아?"

남편의 말이 맞았다. 현 상황에서 자동차 기름을 가득 채우듯 대출을 풀로 당겨 받는다면, 근처에 아주 오래된 구축 아파트 한 채 정도는 살 수 있었다. 그러나 스스로 무리라는 걸 알면서 감당 안 될 만큼 터무니없이 많은 빚을 지면서까지 그래야 할까. 현실적인 부분들을 헤아려보니, 지금 당장 집을 사고 싶은 내 마음은 분수에 맞지 않는 욕심이라는 게 느껴졌다.

집을 사기(buy) 위해서 집에 살아갈(live) 나의 삶을 쥐어짜고 싶진 않다. 삶을 살기 위해 집을 사는 거지, 집을 사기 위해 삶을 살아가는 게 아니다. 내 삶의 중심을 다시 바로 세웠다.

우리는 언제나 삶에 여유와 빈틈이 함께하기를 바란다. 일상의 여유 제1 조건은 여유 있는 통장 잔고. 그게 무리한 대출 빚과 이자를 떠안고 싶지 않은 이유다. 남들과 다른 노선을 걷게 될지라도, 지금의 이 선택이 혹시라도 미래의 우리를 힘들게 할지라도 우리 삶의 방식을 포기할 수 없는 이유이기도 하다.

현재 내가 원하는 것은 분명하지만 그것을 가질 만큼의 돈은 없다. 그렇다면 내가 할 수 있는 선택은 한 가지다. 원하는 것을 가질 수 있을 만큼의 돈을 모을 때까지, 분수에 맞는 집에 사는 것.

욕심을 비우고 분수에 맞는 집을 골랐다. 신축 건물, 투룸 이상의 집, 직장까지 걸어서 출근이 가능한 가까운 거리 등, 수많은 조건을 포기해야 했지만 덕분에 꽤 마음에 드는 작고 깨끗한 집을 구할 수 있었다.

그렇게 다시 시작된 우리 부부의 원룸 생활. 이삿짐을 들여오기 전날 입주 청소를 위해 간단한 소지품만 챙겨서 미리 집에 왔다. 종일 청소를 하고는 캐리어를 엎어놓고 밥을 먹었다. 요 하나를 깔고 수건을 베개 삼아 잠을 청했다. 없는 게 많아 불편할 법한 상황에서도 이상하게 마음이 편안했다.

외부의 광고와 자극, 경쟁과 비교에 시선을 두고 지낼 때는 채워지지 않는 갈증과 욕망이 생긴다. 아무리 더 좋은 것, 더 비싼 것, 더 유명한 것을 얻게 되어도 온전히 만족하기가 힘들다.

집을 알아보며 나의 시선은 줄곧 밖을 향했다. 너도 나도 '영끌'해서 집을 사는 분위기에서 나 역시 욕망쟁이가 되어 마음이 조급하고 불안했다. 작은 원룸으로 이사 오고 나서 한동안 다시 나의 중심을 오직 내 안에 세우는 시간을 보냈다. 강렬하게 원했던 것을 포기해야 한다고 생각하니 꽤나 괴로웠는데, 막상 내려놓고 나니 아, 모두 나의 욕심이었구나 하고 깨닫는다.

새로 이사 온 곳은 지내보니 안전하고 편안한 동네였고, 집은 산뜻하고 깔끔했다. 부담스럽지 않은 집세를 내며 편안히 쉴 수 있는 공간. 매달 버는 돈으로 충분한 저축을 하면서 먹고 싶은 것도 사 먹고, 하고 싶은 것도 할 수 있는 생활. 무리 없이, 편안한 마음으로 사는 삶. 요즘은 이거면 이미 충분하다는 생각을 자주 한다. 나의 중심이 내 안에 머문다면, 나는 언제나 이것으로 충분할 것이다.

더는 사지 않는 것들

내게 이것이 정말 필요할까? 이 물건을 쓰는 목적이 뭐지? 그 목적이 내 인생에 꼭 필요한 것인가?

물건을 마주할 때마다 거치는 생각의 단계다. 분명 내게 꼭 필요하다고 생각했는데 막상 낱낱이 뜯어 살펴보니, 굳이 없어도 괜찮은 물건들이 참 많았다.

한번도 물건을 필요 유무로 대해본 적이 없어 미처 깨닫지 못하고 있었을 뿐, 물건은 오히려 나의 시간과 에너지, 돈을 잡아먹는 원인이었다. 그런 물건들을 하나씩 처분하고 인생에서 지워가면서 나는 세상이 당연하다고 말하는 것들과 조금씩 더 멀어지고 자유로워졌다. 다음은 내가 더는 사지 않는 것들, 우리 집에 없는 것들이다.

1. 클렌징 오일, 린스, 바디워시

피부 화장을 덜어내면서 오일과 폼을 처분했다. 린스와 바디워시도 마찬가지. 인위적으로 머릿결을 코팅하는 린스도, 계면활성제와 방부제가 들어 있어 내 몸을 더 건조하게 만들던 바디워시도 더는 필요 없다.

그 외에도 페이스 각질 제거제, 발뒤꿈치 각질 제거제 등 피부 부위별로 뭔가 효과를 바라며 사들였던 다양한 종류의 세제와 크림들도 비웠고 아무 생각 없이 남편과 따로 쓰던 샴푸도 하나로 통일했다.

우리 집 욕실에는 이제 비누 한 장과 샴푸 하나가 전부. 머리는 샴푸로 감고, 얼굴과 몸은 비누로 씻는다. 린스를 사용하지 않는 것만으로도 화장실 청소가 심플해졌고, 쓰는 제품이 간소해지니 샤워 시간도 많이 단축되었다.

2. 스킨, 에센스, 아이크림

토너-에센스-로션-크림-아이크림 순서로 복잡하고 꼼꼼하게 바르던 스킨케어 제품을 모두 비우고 순한 성분의 로션 하나만 남겼다. 여름에 피부가 기름지면 적게 바르고, 겨울에 당기면 한 번 더 덧발라주면 그만.

혹자는 "피부가 좋으니 그럴 수 있겠지"라고 말하겠지만 나는 여름용과 겨울용 스킨케어 제품을 따로 두고 사용할 정도로 심한 건성이었다. 지금은 사계절 달랑 로션 하나만 바르지만 무한히도 많은 단계의 스킨케어 제품을 바르던 시기보다 훨씬 더 피부가 건강해졌다.

3. 섬유 유연제, 디퓨저, 향초 등 화학적인 향을 만드는 것들

성분이 유해하지 않은 것으로 물건을 고르기 시작하면서 인위적인 향을 만드는 제품들이 어느 순간 거북해졌다. 견디기 힘든 것들을 하나씩 처분하다 보니 인위적인 향이 우리 집에서 모두 사라졌다.

찝찝할 줄 알았는데, 오히려 더 청결해졌다. 더러운 것은 가리는 게 아니라 닦아내고 청소해서 깨끗하게 만드는 것이 더 간단하다는 사실을 깨달았기 때문이다.

실내의 냄새만 해도 그렇다. 향이 나는 제품으로 덮으려 하기보다는 충분한 환기와 주기적인 청소로 본질적인 냄새를 없애는 쪽이 훨씬 더 낫다. 천연 아로마로 만들어서 은은하고 옅은 향이 나는 향수 하나와 마사지에 사용하는 아로마 오일이 우리 집에서 나는 향기의 전부.

4. 각종 수납함들

집 안을 정리하다 보면 예쁘게 보이고 싶은 욕구에 각종 플라스틱 수납함들을 사 들이곤 했었다. 그러나 가장 좋은 수납법은 물건이 겹치지 않도록, 한눈에 모두 보이도록 적은 양의 물건을 수납하는 것이었다.

불필요한 물건들만 비워도 수납함이 더는 필요하지 않다. 문득 수납함을 사서 한번 정리하고 싶다는 생각이 들 때가 있는데, 그건 공간에 비해 물건이 많아져서 다시 줄여야 하는 단계라는 뜻이다. 그럴 땐 애꿎은 수납함을 사는 대신 물건을 줄인다.

5. 인테리어 소품

평소 일상생활에 사용하는 물건이 아닌, 공간을 아름답게 또는 아늑하게 보이기 위한 용도의 인테리어 소품들이 우리 집에는 하나도 없다.

기쁨은 잠시, 먼지만 쌓이고 공간만 차지한다. 유일하게 가끔 즐기는 인테리어 소품은 생화 몇 송이 정도. 이마저도 말려서 오래 보관하려 하지 않고, 시들면 바로 비운다.

6. 휴대전화 단말기 값 할부

'한 달에 얼마만 내면 된다'는 달콤한 말에 누구나 쉽게 새 휴대전화를 구입하는 시대. 나 역시 거부감 없이 늘 2년 할부 약정을 걸어가며 휴대전화를 교체해왔다. 그러다 우연히 단말기 값 할부 이자가 5퍼센트 이상임을 알게 된 후 50만 원 넘게 남은 단말기 값을 그날로 일시불 상환해버렸다. 할부 대금을 갚고 나니 휴대전화의 진짜 가격이 피부에 와 닿아 더 소중히 쓰게 되었다.

현재는 출시된 지 3년 이상 지나 값이 많이 떨어진 휴대전화를 저렴한 가격에 구입해 6000원 남짓한 알뜰폰 요금제로 사용하고 있다. 내 인생에서 더는 휴대전화를 할부로 사지 않을 예정이다.

7. 형형색색의 펜과 디자인 문구

필통 하나에 다 들어가지도 못하는 펜과 문구들, 수십 권의 노트를 모두 비웠다. 자주 쓰는 검은색 펜 하나, 선물받은 볼펜 하나, 색연필 하나, 형광펜 하나만 남겼다. 다 쓰고 나면 똑같은 제품으로 한 개씩 재구매한다.

버릴 때 제일 아까웠던 것이 문구였는데, 버리고 나서 제일 안 찾는 것도 문구였다. 아기자기하고 예쁘지만 평소에 좀처럼 쓸 일이 없는 팬시와 문구는 더 이상 내 돈을 주고 구입하지 않는다.

8. 전자레인지, 커피포트, 전기형 정수기, 텔레비전

우리 집에는 전자레인지, 커피포트, 텔레비전이 없다. 전자레인지를 사용해야 하는 인스턴트 음식을 사지 않고, 남은 음식은 프라이팬에 데워 먹으며, 물은 무전기 브리타 정수기로 정수해 마신다. 끓인 물이 필요할 땐 냄비를 이용하고, 보고 싶은 TV 프로그램은 한 편씩 돈을 주고 구입해서 노트북으로 본다.

소형 가전제품들이 있다면 좀 더 편리하겠지만 없어도 크게 불편하지 않아서 사지 않는다.

9. 주방과 욕실의 발매트

왜 가지고 있어야 하는지도 모른 채 소유하고 있는 물건들이 얼마나 많을까. 내게 싱크대와 욕실 문 앞에 두는 발매트가 그런 것들이었다.

어느 집을 가도 당연하게 그 자리를 지키고 있었기에 무조건 있어야 한다고 생각했지만 사실 굉장히 거추장스러웠다. 세탁할 때마다 먼지가 너무 많이 날려서 늘 찝찝했던 물건. 매트가 꼭 있어야 할까? 이걸 비우면 어떨까? 예상대로 발매트를 모두 치워도 아무 일도 일어나지 않았다. 매트를 주기적으로 세탁해야 한다는 스트레스에서도 벗어났다.

단정한 현관과 적당한 신발

일본에 여행 갔을 때 인상 깊었던 장면이 있다. 바로 일본의 집들이다.

일본에서 만난 집들은 안팎으로 언제나 정돈되어 있는 인상을 풍겼다. 울타리 안쪽 작은 마당의 잔디는 모두 말끔하게 깎여 있고, 문 앞은 잡다한 물건 하나 없이 깨끗했다. 더 놀라운 점은 문을 열고 집에 들어섰을 때 현관 바닥이 방금 지은 새 건물처럼 티끌 하나 없이 반짝반짝 빛났던 것. 신발을 신고 들어가도 되는지 고민될 정도로 현관은 깨끗했다.

그전까지 나는 우리 집 현관을 닦은 적이 한번도 없었다. 현관을 쓸고 닦아야 하는 공간이라고 생각해본 적도 없었다. 그러니 일본의 티끌 하나 없이 깨끗했던 현관은 꽤 충격적이었다.

당시 내가 방문한 일본의 가정집은 에어비앤비로 운영 중인 숙소였는데, 현관뿐만 아니라 욕실과 부엌 수전도 물때 하나 없이 반짝반짝 빛났고, 새하얀 이불에서는 갓 세탁한 듯 은은한 향이 났다. 깨끗한 공간에서 머물 때의 쾌적함과 편안함을 느끼고 나니, 왜 내가 사는 공간을 깨끗하게 청소하고 관리해야 하는지 알 것 같았다.

여행을 마치고 집으로 돌아와 우리 집 현관도 일본에서 머물렀던 집처럼 만들어야겠다고 생각했다. 그런데 쉽지 않았다. 우리 집 현관에는 언제나 신발과 우산, 재활용 쓰레기통 등 다양한 물건들이 늘어서 있었다. 현관을 한번 닦으려면 모든 물건을 다 들어내야 했는데 그게 너무 귀찮았다. 귀찮으니 계속 미루게 되었다. 결국 우리 집 현관은 그대로, 청소를 포기한 채 지냈다. 일본에서 받았던 강렬한 충격은 일상과 함께 잊혀갔다.

그렇게 큰마음 먹어야 할 수 있었던 현관 청소가 미니멀 라이프를 하면서 아주 손쉽게 해결됐다. 미니멀한 집을 만들기 위해 즐겨 신는 신발들을 제외하고 보관만 해두던 오래된 신발들을 모두 비웠다. 늘 터질 것 같던 신발장에 여유가 생기면서 나머지 신발과 우산을 넣고도 공간이 넉넉했다.

신발장에 충분히 보관이 가능해지자 신발을 비롯해 현관에 늘어놓았던 물건들을 밖에 꺼내놓을 필요가 없어졌다. 각종 인테리어 소품과 장식들도 치우고 나니 아무것도 놓여 있지 않은 빈 현관이 만들어졌다.

현관에 아무것도 없으니 청소는 말 그대로 식은 죽 먹기였다. 그냥 집 안에서 청소기를 돌릴 때마다 현관의 바닥도 함께 밀어주었고, 이따금 물걸레로 쓱 닦아주면 맨발로 딛어도 될 만큼 깨끗해졌다.

무심결에 시선이 현관에 가닿을 때마다 깨끗하게 정돈된 단정한 현관의 모습에 기분이 좋아졌다. 자연스럽게 현관을 매일 청소하는 습관이 생겼다. 내게 더 이상 현관은 더러운 곳이 아니었다. 깨끗한 현관은 청소 욕구의 마중물이 되어 집 안을 쾌적하게 관리하는 데 큰 도움이 되었다.

요즘 나의 집 청소 마무리는 현관이다. 외출하고 벗어둔 신발을 양손에 들고 탁탁 털어 신발장에 넣어주고 노즐을 뺀 청소기 본체로 흙과 먼지를 흡입한다. 보통은 이쯤에서 청소를 끝내지만 집 안에 걸레질을 하는 날엔 현관도 함께 물걸레질. 가끔 걸레받이와 현관문, 신발장 문까지 닦는다.

여기에서 중요한 것은 신발이 밖으로 나와 있지 않아야 한다는 것이다. 신발이 여기저기 나와 있는 현관을 청소기로 밀고, 걸레질을 하는 것은 여간 큰마음을 먹지 않고는 굉장히 귀찮은 일이기 때문이다. 신발이 밖에 나와 있지 않으려면 모든 신발이 신발장 안에 들어가야 하고, 애초에 신발장 안에 들어갈 만큼만 신발을 소유하는 것이 가장 중요하다고 볼 수 있다.

신발장에 들어갈 만큼만 신발을 소유하며 늘 관리할 수 있는 특별한 비결은 따로 없다. 인앤아웃 법칙을 습관처럼 잘 지킬 뿐이다. 하나를 새로 들이면 하나를 비운다. 하나를 비워야 새로운 하나를 들일 수 있다.

사람들은 생각보다 같은 신발을 자주 신고 다닌다. 신발이 수십 켤레라도 늘 손이 가는 것이 있다. 무의식중에 내 발에 꼭 맞는 편안한 신발만 신고 그 외의 신발은 구석에 처박아두었다가 가죽이 벗겨지거나, 곰팡이가 생기거나, 이미 유행이 지나버려서 더는 신지 못하게 된다. 손이 닿지 않는 공간에 있는 신발은 결국 신지 않게 된다.

집의 첫인상은 현관. 현관에서 집 안으로 이어지는 공간이 깨끗하면 집에 대한 인상이 좋아진다. 우리 집을 찾은 손님에게도 그렇지만 그 집에 사는 나 역시 그렇다. 특히 외출했다가 집에 돌아왔을 때, 현관부터 아무것도 없이 반짝반짝 말끔한 모습을 보면 '아, 드디어 나만의 아늑한 공간으로 무사히 돌아왔구나!'라는 안도감이 든다.

풍수지리에서도 현관은 집에서 가장 중요한 장소 중 하나로 표현된다. 언제나 공기와 에너지 순환이 잘되도록 아무것도 두지 않고, 외부의 기운을 묻혀오는 신발은 늘 깨끗하게 정돈해서 신발장에 넣어둘 것. 그럼 현관으로 복도 들어오고 재물운도 좋아진다고 한다(믿거나 말거나!).

욕실에는 비누 한 장이면 충분해

이토록 간결한 욕실이 있을까. 만약 누군가 이곳에 미니멀리스트 부부가 산다는 정보를 듣지 않고 찾아온다면, 아마 아무도 안 사는 집이라 생각할지도 모른다. 그만큼 단순하다는 말이다.

우리 집에서 가장 심플한 곳을 꼽으라면 자신 있게 욕실과 침실이라고 말한다. 침실에는 침대 하나만 있고, 욕실에는 비누 한 장만 덩그러니 놓여 있다. 각자의 목적에만 충실한 공간이 아닐 수 없다. 침실은 자는 곳이고 욕실은 씻는 곳. 그러니까 침실에는 침대만 있으면 되고, 욕실에는 비누만 있으면 된다.

욕실의 수납장 안에는 남편이 매일 사용하는 전기면도기와 수

건 그리고 여분의 두루마리 휴지가 있다. 휴지 외에 여분의 비누, 여분의 치약, 여분의 칫솔 같은 것은 구비해두지 않는다. 집에 여분의 생필품이 없으면 불안하던 시절에는 항상 여분의 필수품들을 챙겨두었다. 그런데 여분의 물건은 또 다른 여분의 물건을 낳았다. 당장 필요한 것도 아니면서 생필품 세일 기간이 되면 그냥 지나치지 못했다. 그리고 '어차피 집에 두면 다 쓸 거야'라는 마음으로 충동구매를 합리화하곤 했다.

여분이 없어도 더는 불안하지 않다. 집 앞에 널린 게 마트와 편의점이고 치약도 칫솔도 다 써간다 싶을 때 장을 보면서 장바구니에 하나 더 담으면 되기 때문이다. 생필품을 한두 개씩 사서 쓰는 습관은 경제적으로도 이득이지만 무엇보다 수납장을 여유롭게 쓸 수 있다는 점에서 가장 좋다.

한번은 생활이 너무 정신없이 바빠서 살림에 신경 쓰지 못한 시기가 있었다. 치약을 다 썼는데도 새로운 치약을 사지 못한 채 며칠이 흘렀다. 불편하기는 했지만 신기하게도 그런대로 지내졌다. 평소라면 어느 정도 짜다가 안 나오는 치약을 버리고 새 것을 뜯었겠지만 여분의 치약이 없으니 새것을 구입할 때까지 어떻게든 버텨야만 했다.

가위로 치약의 가운데를 툭 잘라 배를 갈랐다. 더는 내용물이 없을 줄 알았는데, 3,4일은 거뜬히 버틸 만큼의 치약이 남아 있었다. 없어도 그런대로 잘 살아졌다. 그러니 너무 동동거리지 말고, 너무 쟁여두지 말고, 기본만 하나씩 구입하며 그렇게 살자고 마음먹게 됐다.

우리 집 샤워실에는 샴푸 한 통, 세면대 위에는 올인원 비누 하나가 놓여 있다. 세상에는 다양한 효능과 매력적인 디자인을 어필하는 욕실용품들이 많지만 나는 이 두 가지만으로도 충분하다.

이전에는 한번 씻으려고 하면 클렌징 오일, 클렌징 폼, 컨디셔너, 샴푸, 린스, 트리트먼트, 바디워시, 바디로션까지 모두 완비되어 있어야 했다. 여기에 남편 취향의 용품들까지 겹쳐져 우리 집 욕실의 수납장과 선반 위는 언제나 빼곡했다.

다 쓴 샴푸통이 있어도 제때 치우지 않았고, 절반 정도 쓰다가 새로운 것을 뜯어도 아무렇지 않았다. 어차피 욕실은 통제가 안 될 만큼 포화 상태였으니까!

그런데 덜어내고 비워내며 심플하게 생활하다 보니 샴푸와 비누면 충분했다. 모든 건 본연의 기능에만 충실하면 될 뿐이었다.

이제는 욕실용품을 구입할 때 어떤 효능이 있는지, 어느 브랜드인지, 어떤 향인지 같은 것을 보기보다는 전성분이 무엇인지를 따지게 된다. 씻을 때 유일하게 쓰는 제품인데 되도록 내 몸에도,

지구에도 해를 끼치지 않는 것으로 살뜰하게 골라서 쓰고 싶다. 향도 가격도 중요하지만, 무엇보다 내가 마음 놓고 쓸 수 있는 심플하고 무해한 성분의 제품이 가장 좋다.

청소용품도 마찬가지다. 욕실용, 변기용, 거울용, 찌든 때용, 액체형, 크림제형, 가루형 등등. 욕실 청소 한번 하는데 뭐 이리 필요한 용품이 많고 기능이 다양해야 했는지 모르겠다. 부위별로, 장소별로 세세하게 나뉘어 있는 다양한 욕실용품과 청소용품을 완벽하게 갖춘다면 우리 삶이 좀 더 편리해질 것 같지만 사실은 더 복잡해질 뿐이다. 비누 한 장이면 충분한 것을 네다섯 가지의 용품을 찍어 바르게 하고, 솔질 한 번이면 금세 깨끗해지는 것을 독한 세제를 손에 묻히게 한다.

욕실용품이든 청소용품이든 더러움을 깨끗하게 씻어내주면 충분하다. 나는 샤워 전에 평소 쓰는 비눗물을 수세미에 묻혀 욕실을 청소한다. 욕실 선반이나 변기 위에 올려둔 용품들이 하나도 없다 보니 욕실 청소는 3분을 채 넘기지 않는다. 샤워 전에 따뜻한 물이 나올 때까지 기다리며 쏟아내는 찬물로 비누 거품을 헹구고 나면 청소는 끝. 매일 가볍고 간단하게 물청소를 하면 곰팡이가 피는 일이 없어 독한 세제는 필요치 않다.

샴푸와 비누가 전부인 샤워도, 솔질밖에 없는 청소도 언제나 간단하고 단순하다. 많은 물건을 소유하지 않는 삶이 단순하고 가벼워질 수 있는 까닭은 바로 여기에 있다. 물건이 적으면 적을수록 그 물건을 품고 있는 공간의 관리까지 수월해지기 때문에 우리의 생활 자체가 보다 간단하고 심플해지는 것이다.

137리터 냉장고

신혼 초에 우리 부부의 냉장고 크기는 137리터였다. 당시 살았던 원룸에 옵션으로 있던 냉장고였는데 크기가 내 키보다도 작아서 냉장실 바닥에서 뭔가를 꺼내려면 허리를 아주 많이 굽혀야 했다. 이런 작은 냉장고를 가지고 뭘 제대로 해 먹고 살 수는 있는 건지 친정엄마는 늘 궁금해하셨는데, 그 집에서 머무는 2년간 아주 건강하고 맛있게 잘 차려 먹으며 지냈다.

처음에는 냉장고가 감당할 수 있는 양을 제대로 가늠하지 못해서 마트에 다녀올 때마다 식재료들이 넘쳤다. 냉장실과 냉동실을 빈틈없이 가득 채우고도 자리가 부족해서 난감했던 적이 한두 번이 아니었다.

그러다 남편과 2주 정도 긴 여행을 떠나게 되어 냉장고를 텅 비워야 될 시기가 있었다. 되도록 추가로 장을 보지 않고 냉장고에 있는 식재료로만 밥을 해 먹었다. 고작 137리터밖에 안 되는 냉장고니까 2, 3일이면 텅 빌 줄 알았는데 의외로 냉장고 파먹기는 열흘이 넘도록 계속됐다. 그렇게 여행을 가기 전까지 냉장고 속을 비워내면서 냉장고를 바라보는 나의 시각은 완전히 바뀌었다.

137리터는 우리 부부에게 결코 작은 크기가 아니었다. 제대로 마음먹고 냉장고를 채운다면 한 달 이상도 거뜬히 장을 보지 않고 살 수 있는 용량이었다.

늘 작다고만 생각해서 이 냉장고를 빈틈없이 가득 채워놓아야 뭐든 해 먹을 수 있을 것 같다고 생각했는데 그렇게까지 하지 않아도 충분히 잘 먹고 잘 살 수 있었다. 게다가 구입한 지 한참이 지난 식재료를 소진하기 위해 억지로 무언가를 해 먹는 것은 그리 유쾌한 경험이 아니었다. 장을 보러 갈 때마다 호기심에 구입했던 생소한 식재료들은 냉장고의 골칫덩이였다. 먹어치우는 것도, 썩혀 버리는 것도 영 마음이 불편했다.

마음이 불편했던 이유는 그동안 내가 나의 냉장고를 만능 식재료 창고처럼 여겼기 때문이었다. 마치 냉장고 안에 넣으면 영원히 썩지 않을 것처럼, 냉장고 하나 믿고 늘 내가 먹을 수 있는 양보다 더 많은 양을 아무렇지도 않게 구입했다. 그리고 아무렇지도 않게 그것들을 냉장고 안으로 쑤셔 넣었다.

극한까지 냉장고를 파먹어본 경험은 냉장고의 기능과 목적에 대해 깊이 생각해보는 계기가 됐다. 냉장고의 기능은 내부 온도를 낮춰서 부패 속도를 조금 늦춰주는 것이다. 다시 말해 냉장고의 목적은 식재료를 구입해서 식탁에 올리기까지 신선도 유지를 위해 잠시 보관하는 것이다.

냉장고가 신선함을 영원히 유지해주는 만능 가전이 아님을 자각하자 모든 것이 심플해졌다.

일부러 시든 음식을 먹고 싶은 게 아니라면 굳이 가득 쟁여둘 필요가 없다. 나는 냉장고를 믿지 않기로 했다. 대신 집 근처 마트와 집 바로 맞은편에 있는 편의점을 나의 식재료 창고라 여기며 살아보기로 했다.

마트와 편의점은 내가 전기 값을 들이지 않아도 식재료를 보관해주는 곳이다. 마트와 편의점에 식재료를 보관해두면 재고 관리를 위해 억지로 먹을 필요도 없다. 나 대신 다른 이가 모든 것을 관리해주고 있으니, 나는 필요한 식재료를 가져올 때마다 그 값을 지불하기만 하면 된다. 이렇게 생각하니 매번 식재료나 간식을 냉장고에 쟁여두기 위해 전전긍긍하지 않아도 됐다.

매일 간소하게 장을 보고, 늘 신선한 식재료로 건강하게 음식을 만들어 먹었다. 식재료가 조금씩 남으면 그다음 날에는 두어 가지 추가 식재료만 구입했다. 냉장고에 오래 두어 썩거나 곰팡이가 피어버리는 식재료들이 사라졌고, 주부로서의 작은 성취감은 덤으로 따라온 기쁨이었다.

훗날 냉장고를 다시 사야 했을 때, 모두가 이제는 800리터 중후반 용량의 양문형 냉장고를 사야 한다고 했지만, 나는 과감하게 300리터짜리 냉장고를 선택했다. 우리 집 냉장고는 말이 300리터지, 100리터는 김치냉장고 겸용 변온실로 사용되기에 사실 내가 쓸 수 있는 냉장 칸의 용량은 100리터 남짓이다. 그러나 이 공간 또한 가득 차는 일이 드물다. 꼭 필요한 식재료와 꼭 먹고 싶은 식재료를 필요한 만큼, 먹을 만큼만 구입하기 때문이다.

갑작스러운 행사가나 할인가가 나를 뒤흔드는 일은 없다. 싸게 샀다는 데에서 오는 기쁨보다 좀 더 비싸더라도 내가 원하는 것만 구입해서 남기지 않고 다 먹었을 때의 만족스러운 알뜰함을 더 선호하기 때문이다.

장은 늘 조금 부족한 듯이 보고, 정 급할 때는 집 앞에 있는 편의점에서 소량을 조금 비싸게 구입한다. 덕분에 먹기 싫은데도 유통기한에 쫓겨 꾸역꾸역 먹어치우는 일도 없고, 냉장고에 화석처럼 남아 있는 검은 봉지 속 정체불명의 음식도 없으며, 식재료가 썩어서 버리게 되는 낭비도 없다.

언제나 채소, 과일, 하다못해 빵 한 조각이라도 가장 신선할 때 최고로 맛있게 먹는다.

살림 대충 하기 시즌

몇 년 전 베트남으로 여행을 다녀왔을 때의 일이다. 몇 년이 지났어도 그때 느낀 기분을 잊을 수 없다.

앞뒤로 빡빡한 근무 스케줄 사이에 낀 소중한 휴가라서 조금이라도 더 여행하고 싶은 마음에 늦은 새벽 한국에 도착하는 항공기를 탔다. 몇 시간 못 자고 바로 이른 새벽에 출근해야 하는 상황. 집으로 돌아오는 택시 안에서 아, 언제 정리하고 언제 씻고 언제 잘까 생각하며 한숨을 폭폭 쉬었는데, 집에 도착하자마자 5분 만에 가방 정리를 마쳤다.

직장 동료들에게 나눠줄 기념품은 출근길에 잊어버리지 않도록 현관문 앞에 세워두고, 옷가지들은 휙휙 분류해서 세탁기 안에 넣어두고, 여행길에 가지고 갔던 물건들은 모두 제자리에 돌려놓으니 끝. 그렇게 아주 간단하게 여행가방 정리가 끝났다.

그다음엔 남편과 교대로 빠르게 샤워를 하고 드라이기로 후다닥 머리를 말리고는 침대에 나란히 누웠다. 귀가한 지 30분도 채 지나지 않은 시간이었다.

출근을 위해 서둘러 잠들어야 하는 그 순간에 우리 부부는 서로의 재빠른 행동력에 놀라 그만 웃음이 빵 터졌다. 긴 여행에서 돌아와 일상으로 복귀하는 채비가 이토록 간단하다니. 이렇게 홀가분하다니! 새삼 우리가 마음속에 담고 있는 '가벼운 삶'의 가치가 더욱 빛나 보였다.

두 사람의 짐 모두 기내용 캐리어 하나로 충분한 여행. 짐을 싸는 것도 푸는 것도 간결하고 단순해서 더는 짐 가방이 부담이 아닌 여행. 가벼운 미니멀 라이프 덕분에 비로소 그런 여행을 할 수 있게 됐다.

과거 나의 여행에서는 여행가방을 싸고 푸는 일이 언제나 고되게 느껴져서 가급적 오래도록 미루고 싶은 일 중 하나였다. 여행 전날 늦은 밤까지 가방이 터지도록 꾸역꾸역 짐을 쌌고, 여행에서 돌아와서는 정리하는 게 엄두가 안 나서 일주일 내내 캐리어를 방구석에 그대로 방치하곤 했다.

되도록 적은 물건만 지니는 습관, 여행지에도 최소한만 가져가는 습관, 모든 물건에 제자리를 지정해주는 습관. 이 모든 습관은 미니멀 라이프에서 만들어진 것이었다.

미니멀 라이프의 힘은 친구나 지인들을 집에 초대할 때도 느껴진다. 내게는 1년에 한 번씩 '살림 대충 하기' 시즌이 돌아온다. 에어컨을 일부러 잘 켜지 않는 우리 집의 한여름은 너무 덥고 금방 지쳐서 뭐든 열심히 하려고 하면 힘들기 때문에 이때만큼은 살림도 대충 하고 대체적으로 헐겁게 사는 편이다.

그럼에도 지인이 놀러 오면 언제나 우리 집이 깔끔하다고 한다. "너는 청소를 정말 열심히 하는구나"라면서.

그럴 때마다 나는 그냥 슬그머니 웃음을 짓는다. 내가 하는 청소는 아주 간단해서 하루 10분 정도면 끝나기 때문이다.

아침에 일어나면 저녁 설거지 후에 건조시켜둔 그릇들을 정리하고 무선 청소기를 한 번 밀어준 다음 걸레를 끼운 밀대로 바닥을 닦는 게 전부다.

사실 한여름에는 너무 더워서 걸레질도 잘 안 한다. 집에 나와 있는 물건이 많지 않다 보니 바닥이 좀 지저분해도 그런대로 봐

줄 만하다. 나보다 더 불량주부가 있을까 싶을 만큼 대충 사는 시즌에도 친구들은 어떻게 늘 이렇게 집이 깨끗하고 단정할 수 있는 거냐며 감탄을 하고, 나의 청소력에 엄지를 치켜 세워준다. 애를 쓰지 않아도 항상 정돈되어 있는 느낌이 드는 건 물건이 적어서 늘 깔끔한 집이 가능한 미니멀 라이프 덕분이다.

얼마 전 주말에 친구를 집으로 초대했는데 늦잠을 자는 바람에 친구가 우리 집에 도착하기 30분 전에 일어났다. 깜짝 놀라서 후다닥 이부자리를 정리하고 거실로 나왔다.

흐트러진 물건들의 제자리를 찾아주고 청소기를 휘리릭 돌리고 나니 평소와 똑같은 모습의 단정한 집이 되었다. 심지어 아이스커피를 만들어 여유롭게 마실 수 있는 시간마저 생겼다. 그때 생각했다.

아, 이렇게 사는 거 정말 좋구나.

늦잠에도 불구하고 무리 없이 친구를 맞이했다. 친구가 돌아가고 혼자 남은 나는 적은 가짓수의 설거지를 마치고 그릇들을 싱크대에 쪼르르 세워서 자연 건조를 시켜두었다. 전혀 부담이 되지 않는 간결하고 간소한 나의 살림살이를 보니 기분이 좋아진다.

대충 해도 괜찮은 살림. 모든 것이 제자리에 차분히 정리되어 있는 이 가볍고 홀가분한 느낌. 아, 이 좋은 걸 더 많은 사람들과 나누고 싶다.

가진 게 없다고 손님을 초대할 수 없는 건 아니다

처음 살림을 꾸릴 때 모든 것을 작고 간소하게 마련했다. 수저 세트에서부터 물컵, 밥그릇, 국그릇, 수건, 침구 등 모든 살림을 남편과 나, 우리 두 사람에 맞췄다.

더 늘려서 사지는 못할망정 있는 것마저 줄여가며 작게 사는 내 모습을 보고 부모님은 혀를 찼다. 그게 소꿉놀이지 어떻게 살림이냐며 걱정하셨다. 여분의 살림, 여분의 침구, 여분의 물건들. 엄마가 생각하는 안정적이고 제대로 굴러가는 집은 그런 모습이었다. 언제 올지 모르는 손님을 위해 미리 준비한 여분의 물건들이 있는 집 말이다.

“우리 집은 원룸이잖아. 침실하고 거실 자체가 분리되어 있지 않아 손님을 초대할 수 없어."

엄마는 나의 대답을 듣고 나서야 더는 여분의 살림에 대해 말을 건네지 않으셨다.

실제로 우리가 신혼을 시작한 작은 원룸은 손님을 초대하기에 부적합하게 느껴져서 그곳에 사는 동안 누군가를 초대해본 적이 없다. 그래서 두 개의 의자, 한 개의 침구, 2인에 꼭 맞춘 식기류들이 불편하기보단 오히려 편했다. 주기적으로 쓸고 닦으며 더 관리하지 않아도 되니까.

그러나 '언젠가 내가 이보다 더 큰 집으로 이사를 가게 된다면 그땐 여분의 것들을 구비하고 살아야겠지'라는 생각은 했다. 그런 생각마저도 1년간 남편과 함께 다녀온 세계 여행을 통해 휴지 조각처럼 머릿속에서 날아가 버렸지만.

뉴질랜드에서 한 달간 캠핑카 여행을 할 때의 일이다. 우연히 캠핑장에서 친분을 쌓게 된 중년의 아일랜드 아저씨 두 분이 자신들의 캠핑존에서 티타임을 하자며 초대를 해주셨다. 나는 몸이 피곤해서 남편만 그들의 캠핑존에 다녀왔다.

티타임을 끝내고 돌아온 남편은 박장대소하며 본인이 겪은 일을 말해주었다. 아저씨들은 각자 가져온, 아주 작은 1인용 텐트에서 캠핑을 하고 있었는데, 작은 텐트만큼이나 가지고 다니는 물건도 적었다. 그래서 자신들의 텐트로 손님을 초대하기는 했지만 여분의 컵은 없었다고 한다. 티타임을 하자고 했지만 정작 손님에게 내어줄 컵이 없었던 아저씨들. 결국 남편은 손수 끓여 간 물을 아저씨들의 잔에 채워드리고는 티를 한 잔도 마시지 않은 티타임을 하고 돌아왔다.

나는 그 이야기에 유쾌하면서도 마음 한구석이 통쾌했다.

'그래, 이렇게 살아야지. 내 여행인데 내 컵만 들고 다니면 되지. 내가 가진 게 없다고 누군가를 내 삶에 초대할 수 없는 것도 아니고 말이야.'

세계 여행을 마치고 한국에 돌아와서 원룸이 아닌 투룸에서 살게 되었을 때, 나는 엄마의 만류에도 불구하고 냉장고는 300리터짜리를 들였고 식기류, 침구 등 모든 것을 2인에 맞췄다. 익숙하게, 원래 하던 대로.

침실이 분리된 집에 살게 되니 그동안 하지 못했던 손님 초대도 하기 시작했다. 의자가 딱 두 개뿐이라서 친구를 초대하면 남편이 캐리어에 앉아 밥을 먹어야 했다. 수저도 부족해서 모아둔 일회용 수저를 사용해야 했다. 나중에 이건 아니라는 생각이 들어서 의자는 더 들여 평소에는 협탁으로, 손님이 오면 의자로 쓰고 있다. 이 집에 옵션으로 딸려 있던 식탁은 2인용인데, 평소 작업할 때 쓰는 책상을 거실에 끌어다 식탁 옆에 붙이면 크고 넓은 식탁이 되어 더 많은 사람들을 초대할 수 있게 됐다.

처음에는 내가 초대한 손님인데, 너무 불편하진 않을까, 우리가 사는 모습이 이상하게 보이진 않을까 걱정했다. 그런데 오히려 집에 놀러 오는 지인들은 이렇게 사는 내 모습을 신기해하고 무엇보다 재미있어했다. 본인도 집에 가면 안 쓰는 물건들을 좀 비워야겠다며 새로운 결심을 하고 돌아가는 이도 종종 생겨났다.

가득 채우는 물건만이 풍요로운 삶이 아니듯이, 손님 대접 또한 물건으로 하는 게 아니라 마음으로, 정성으로 하는 거구나 하고 배웠다.

이런 집에 초대해서 손님들에게 부끄럽다거나 미안하다는 생각은 하지 않았다. 소파와 TV가 없고 집 안이 휑해서 손님이 불편함을 느낄지도 모르지만, 그렇게 사는 그 모습 자체가 내 생활이자 삶이니까. 그런 모습을 자연스럽게 있는 그대로 가까운 사람들과 공유하고 나누는 것 자체로 의미가 있다는 생각을 했다.

무엇보다 언제 얼마나 올지 모르는 손님을 위해 집주인이 불편함에도 불구하고 손님들에게 최적화된 집을 구성하는 것도 이상하다는 생각이 든다. 타인을 위한 배려는 언제나 옳고 좋지만, 무엇보다 나의 편안함과 행복이 우선되어야 다른 사람을 배려하는 행동에도 편안함이 깃들 수 있는 거라 믿는다.

편안하고 아늑한 소파와 우리를 지루하지 않게 만들어줄 TV, 그리고 근사한 인테리어가 있는 집들이는 아니지만 우리 집은 지인들 사이에서 꽤 인기가 좋다. 손님을 초대하면 꼭 그들이 평소 좋아하는 음식에 맞춰 장을 보고 요리를 한다. 전날에 미리 디저트로 먹을 케이크와 쿠키를 굽고 신선한 원두와 아이스크림을 준비해둔다. 자취하는 친구들은 평소 과일을 잘 안 챙겨 먹을 테니 신선한 과일과 채소도 가득 챙겨둔다.

손님이 오는 날에는 평소보다 조금 더 공들여 청소를 하기도 하고, 주변의 핫플레이스를 미리 조사하기도 한다. 정성껏 만든 맛있는 식사를 함께하고 연달아 디저트, 차, 과일까지 먹고 나서 더는 못 먹겠다며 손사래를 치는 행복한 표정의 지인들을 보면, 나는 정말 뿌듯하다.

가방 하나로 여행을, 택시 한 대로 이사를

나의 인생 롤모델은 도미니크 로로다. 도미니크 로로는 《심플하게 산다》 등의 베스트셀러를 쓴 세계적으로 유명한 프랑스 출신 수필가다. 그녀의 간결하면서도 아름답고 우아한 라이프스타일도 굉장히 인상적이었지만, 내가 그녀를 좋아하게 된 결정적인 이유는 지극히 간소한 그녀의 소유물 때문이었다.

도미니크 로로는 여행을 갈 때면 무게 10킬로그램 이내의 가방 하나, 이사할 때는 택시 한 대를 이용한다고 한다. 그때까지만 해도 언제나 항공 수하물 최대 허용량까지 꽉 채운 캐리어를 끌고 여행을 다니던 나로서는 도저히 흉내 낼 수 없는 삶이라고 생각했다. 하지만 곱씹어볼수록 이보다 더 가벼운 삶은 없을 것 같다는 생각이 들었다. 가방 하나로 여행을 다니고 택시 한 대로 이사를 다닌다니! 이렇게 가벼운 삶이 가능해진다면, 내 인생이 조금 더 자유로워질 것 같았다. 그렇게 나도 꿈을 꾸기 시작했다.

'내가 가진 모든 물건을 캐리어 하나에 다 집어넣고 가볍게 여행 다니듯 살고 싶어.'

그리고 그 꿈은 8년이 지나 이루어졌다. 당시 7킬로그램의 배낭 하나로 남편과 1년간 세계 여행을 떠난 것이다. 열흘간의 신혼여행에 내가 챙겨 갔던 캐리어의 무게가 20킬로그램이 넘었던 것을 생각하면 엄청난 변화였다. 여행 중에 만난 다른 여행자들에 비해서도 굉장히 간소한 편이었다. 그 가방으로 정말 세계 여행을 하는 거냐며 신기하게 묻는 이들도 여럿 만났다.

나는 7킬로그램, 남편은 10킬로그램의 배낭. 그것만으로도 여행을 충분히 할 수 있었다. 아니, 여행을 지속하면 할수록 필요 없는 것들을 비워내며 배낭의 무게는 조금씩 더 가벼워졌다. 그리고 배낭이 가벼워질수록 우리의 여행은 더 다채롭고 풍성해졌다.

저가항공의 무료 수하물 무게 7킬로그램에 맞추면서 여행 경비도 절약되었고, 가방의 무게 때문에 걷기 대신 버스를, 버스 대신 택시를 택하지 않아도 되었다. 두 어깨를 짓누르는 배낭이 가벼워질수록 우리는 조금 더 많이 걸을 수 있었고, 조금 더 많은 것들을 눈에 담을 수 있었다.

1년간의 세계 여행을 마치고 한국에 귀국한 뒤에도 단순하고 가벼운 삶을 이어나가고 있다. 직장을 다시 잡을 때까지 머무를 집은 우리가 언젠가 한 번 살아보고 싶었던 지역에 우리가 한 번쯤 살아보고 싶었던 복층의 원룸 오피스텔로 빌렸다. 국그릇 두 개, 밥그릇 두 개, 접시 두 개, 수저 두 세트, 이불 한 채만 들고 들어가 수개월을 여행하듯 살았다. 여행이 아닌 일상에서도 이토록 가볍게 살 수 있다니, 자신감이 붙었다.

남편이 취업에 성공하고 직장 근처로 또다시 이사를 가야 했을 때, 우리는 경차 한 대를 빌려서 이사를 끝냈다. 이사 전날 저녁에 짐을 쌌고, 이사 당일에 새 집에서의 모든 짐 정리가 끝났다. 경차 한 대로 이사를 끝냈다고 하자 친정 아빠는 그게 애들 소꿉장난이지, 신혼살림이냐며 혀를 차시긴 했지만 말이다.

물건이 적다고 생활이 불편한 건 아니었다. 오히려 빈 여백이 가득한 집에서 억지로 더 가질 필요도, 더 할 필요도 없는, 자유롭고 홀가분한 느낌을 매일 만끽했다. 지니고 있는 소유물들이 적어질수록 우리는 자유로워진다.

남편이 직장에 익숙해지고서 우리는 조금 더 나은 조건의 집으로 한번 더 이사를 했다. 세계 여행 숙소에서 복층 오피스텔로, 복층에서 원룸 오피스텔로, 그리고 이번에는 원룸에서 투룸 아파트형 오피스텔로. 어느덧 세 번째 이사였다.

한국에서 일상생활을 꾸려나가기 시작하면서 어느새 짐이 많아졌다고 생각했는데 그래도 하루 만에 뚝딱 이삿짐을 꾸릴 수 있었던 걸 보면, 아직은 자유롭게 움직일 수 있는 정도는 되는 것 같다. 그렇지만 짐을 싸면서도 '이건 없어도 되는데 왜 가지고 있었지?' 싶은 물건들이 몇 개 보였다.

사실 집 안에 물건을 채우고 살아갈 때는 잘 안 보인다. 내가 얼마나 많은 물건들을 지니고 사는지, 그 물건들이 내게 꼭 필요한 것들인지, 정말로 소중한 것들인지를 구별하지 못하고 인지하지 못한다. 그냥 집에 있으니까 가지고 있을 뿐이다.

내가 소유하고 있는 모든 것들을 방 한가운데에 펼쳐놓고서 부피에 한번 놀라고 무게에 한번 눌리고 나면 '줄여야지. 줄여야지. 간소하게 줄여야지', 그런 생각이 들면서 정신이 번쩍 들곤 한다. 그래서 이사는 물건을 비우기에 가장 좋은 계기가 되어준다. 홀가분한 삶이 어떤 느낌인지 이미 느껴보았기에 절대 포기할 수 없다. 물건을 감당하지 못해 그 무게와 부담, 빚에 더는 눌려 살고 싶지 않기에 주기적으로 비워주는 것이 필요하다.

마지막 이사는 1톤 트럭으로 했다. 경차 한 대에 모두 들어갔던 우리 부부의 살림은 토퍼와 냉장고, 책상과 의자가 생기면서 1톤 트럭이 필요할 정도로 늘었다. 앞으로 살아가며 더 많은 물건을 지니게 되겠지만, 언제나 나 스스로 가벼운 느낌을 잃지 않을 정도였으면 좋겠다.

책장을 비우니 더 읽고 싶어졌다

언젠가 내 집이 생기면 거실 전체에 책장을 들여서 나만의 아늑한 서재를 만들어야겠다는 생각을 했었다.

때로는 나를 들뜨게 하고, 때로는 새로운 세계를 열어주고, 때로는 위로를 주는 책은 내 인생에서 빼놓을 수 없는 중요한 존재였다. 그런 책을 밑줄 하나 없이 깨끗이 보고 책꽂이에 착착 세워두는 게 내가 책을 좋아하는 마음을 열렬히 표현하는 방법이었다.

한때 내 방은 책꽂이를 꽉 채우고도 남아서 침대 옆, 책상 위까지 곳곳을 점령한 책들이 가득했다. '나는 이만큼 책을 사랑하는 사람이야'라고 스스로에게 증명이라도 하려는 듯이. 그런 집 안은 아무리 닦아도 금방 먼지가 뿌옇게 쌓였다. 집 안 전체를 둘러싸고 있는 책과 옷가지들 때문이었다.

미니멀라이프를 하면서도 책은 가장 후순위로 미뤘다. 비워낼 엄두가 나지 않았다. 그러다 피할 수 없는 순간이 되어 고민에 빠졌다. 소유하고 있던 책들을 줄이면 책을 덜 읽게 될까봐 겁이 났다. 버린 책을 다시 읽고 싶어지는 날이 올까봐 겁이 났다.

한꺼번에 처분하기에는 심적으로 힘들어서 천천히 책들을 비워내기로 했다. 그렇게 조금씩 중고 서점에 팔기도 하고 중고 거래를 하기도 했다. 소유하고 있는 책이 많았던 만큼 비우는 데도 시간이 오래 걸렸다.

어떤 책을 남길 것인가를 고민하는 과정에서 책을 대하는 내 태도를 바라보게 되었다. 아무리 미니멀리스트라고 해도 나는 책을 소비하는 행위를 멈출 수는 없을 것 같다. 도서관에서 빌려 읽는 것도 한계가 있기에 독서를 좋아하는 사람으로서 책을 지속적으로 살 수밖에 없다. 대신 한 권의 책을 여러 번 읽는 경우는 없으니 책을 구매해서 다 읽고 나면 처분한다. 그렇게 나만의 원칙을 세웠다.

본질에 집중하면 처분이 쉽다. 책을 구입하는 것은 책을 읽기 위해서기에, 다 읽은 책을 한번 더 읽어볼 마음이 들지 않으면 더는 필요가 없으니, 처분한다. 본질에 집중하면 책값도 아깝지 않다. 이미 한번 읽음으로써 책을 구매한 가치를 다했다고 본다. 두근거리는 마음으로 책을 고른 다음 설레는 마음으로 책을 읽으며 기억하고 싶은 구절을 독서노트에 적음으로써 이미 그 책은 내게 충분한 가치와 기쁨을 주었다. 지금 당장 읽고 싶은 것은 아닌데 아까워서, 선물받은 거라서, '언젠가' 읽기 위해서 보관만 하고 있는 빛바랜 책은 더 이상 내게 없다.

그렇게 나는 책을 소유하고자 하는 집착을 버릴 수 있었다. 책을 통해 나를 정의하고 싶은 마음도 버렸다. 이제 내가 욕심내는 것은 당장 읽고 싶은 책이 생기면 그때그때 바로 읽을 수 있는 환경이다. 그래서 갑자기 서점에 가기도 하고 아침 일찍부터 도서관에 가기도 한다. 읽고 싶은 마음이 들었을 때, 미루지 않고 책을 집어드는 기쁨은 맛보지 않은 사람은 모를 것이다. 책장이 한 장 한 장 넘어갈 때마다 기쁘면서도 아까운 그 마음을.

소유하고 있는 책이 줄어드니까 오히려 읽고 싶은 책이 많아지고 더불어 독서하는 시간도 늘었다. 나의 책장에는 몇 권 되지는 않지만 언제든 또 읽고 싶어지는 아끼는 책들만 꽂혀 있어서 내 가슴을 설레게 한다. 갑자기 막 책이 읽고 싶어질 때도 있다.

지난밤 웹서핑을 하다가 알게 된 두 권의 책이 마침 도서관에 '대출 가능'으로 떠서 아침 일찍 다녀왔다. 대출한 책은 딱 두 권. 예전에는 도서관에 가면 무조건 대출 가능한 권수를 꽉 채우고는 했는데, 단 한 번도 2주라는 기한 안에 다 읽은 적이 없었다. 오히려 너무 많은 책들로 책읽기를 미루다가 한 권도 제대로 못 읽고 반납한 적이 많았다. 딱 읽고 싶은 책만 골라, 정해진 기간 내에 완독하는 것. 그 기쁨이 책을 많이 빌려오는 것보다 컸다.

옷장이 터질 듯이 옷이 많을 때는 입을 옷이 없다고 투덜댔던 내가 옷들을 다 버리고 딱 필요한 옷들만 갖추고 나서는 더 기분 좋게 옷을 차려입을 수 있게 된 것처럼, '읽어야 되는데'라는 무거운 의무감으로 바라만 보던 책들이 없으니까 가볍고 즐거운 마음으로 읽게 됐다. 책을 비우니 더 읽고 싶어졌다.

목적에 충실한 공간

우리 침실에는 침대만 있다. 방 한가운데에 토퍼가 깔린 침대 하나만 덩그러니 놓여 있는 것이다. 그리고 물건이라고는 밤에 잠자러 들어갈 때 쓰는 휴대용 무선 램프 외에는 아무것도 없다. 램프마저도 집 안 곳곳에서 다용도로 쓰는 물건이라 오직 침실의 물건이라고 보기는 어렵다.

침실이 텅 비어 있다 보니 지인들이 놀러 올 때마다 빔 프로젝터를 하나 두면 좋겠다는 말을 자주 하고는 했다. 침실을 근사한 영화관처럼 만들면 밤마다 영화도 볼 수 있고 얼마나 좋겠냐며.

그런 말을 자주 들을수록 내 마음도 조금씩 흔들렸다. SNS를 둘러보다가 야외에서 '차박'을 하며 빔 프로젝터로 영화를 보거나, 침실을 아늑한 영화관으로 만드는 '감성감성한' 사진들을 봤던 기억을 떠올렸다.

이참에 커튼도 새하얗고 예쁜 것으로 바꾸고, 침구도 그에 걸맞게 사랑스러운 패턴으로 바꾸고, 빔 프로젝터도 좋은 걸로 하나 장만하면 어떨까 하는 생각이 들었다. TV가 없는 우리 집에서 빔 프로젝터를 TV 대용으로 사용하면 될 것 같았다. 생각하면 할수록 이건 현명한 소비처럼 느껴졌다. 휴대전화를 집어들고 빔 프로젝터를 검색하기 시작했다. 가격 비교도 하고 후기도 꼼꼼히 읽어가면서 우리 집을 근사한 영화관으로 만들 계획에 마음이 들떴다.

퇴근한 남편을 붙잡고는 침실을 영화관으로 만들기 프로젝트를 신나게 설명하면서 추려놓은 빔 프로젝터 몇 가지를 보여주었다. 가만히 앉아 내 말을 모두 다 들은 남편은 이렇게 말했다.

"우리 침실은? 생활에서 질 좋은 숙면이 제일 중요한 것 같다고 우리 침실에 아무것도 안 둔 거였잖아."

남편 말이 맞았다. 원룸에 살면서 가끔 서로 생활 패턴이 달라질 때면 먼저 잠든 사람이 숙면을 취하기 어려웠던 적이 몇 번 있었다. 그래서 투룸으로 이사 오면서 침실만은 생활 속에서 완벽하게 분리하기로 했었다. 의견 조율도 필요 없이, 우리 두 사람이 아주 격하게 환영했던 조치였다. 침대밖에 없는 침실은 오직 자는 것에만 집중할 수 있는 환경을 만들어주었다. 잠잘 때만 들어가는 침실에서 우리는 늘 아무런 방해 없이 깊은 잠을 잘 수 있었고, 그런 침실에 대한 만족도는 아주 높았다.

깊게 고민할 필요도 없이 나는 빔 프로젝터를 포기했다. 사실 집보다 영화관의 대형 스크린과 대형 스피커로 웅장하게 즐기는 영화를 더 좋아하는 우리 부부의 성향과 집에서 작은 화면으로 영상을 즐기는 빔 프로젝터는 맞지 않았다. 처음 구입했을 때는 몇 번 영화를 보기도 하고 SNS에 예쁜 설정 사진을 찍어 올리기도 하다가 그마저도 시들해지면 아마 구석에서 먼지만 쌓일 게 분명했다. 그러다 중고시장에 내다 팔거나, 지인들이 올 때만 이따금씩 분위기로 틀어두는, 그럴싸한 장식품 내지 인테리어가 될 가능성이 농후했다.

그 상황에서 한 발 떨어져 생각해보면 쉽게 나오는 결론인데, 그 안에 있을 땐 무조건 지금 당장 이 물건을 사야 할 것만 같은 조급함이 생기고 만다. 이 물건만 있으면 내 삶이 좀 더 편리하고 근사해질 것 같은 상상에 빠져버리는 것이다.

우리 집의 모든 방은 각자의 목적에 충실하다. 침실에는 침대만 있어서 자는 것에만 집중하고, 작업실에는 책상만 있어서 작업에만 집중하고, 거실에는 윙체어만 있어서 휴식에만 집중할 수 있다.

집의 공간들이 단순하고 그 목적 또한 단순명료하기에 우리의 생활도 더불어 함께 단순해진다. 다시는 잊지 말아야지.

뉴질랜드 캠핑카 여행에서 배운 것

일 때문에 주말 부부로 지내던 생활을 청산하고, 남편과 24시간 함께 지내는 본격 신혼 생활을 시작하면서 내게는 한 가지 부담이 생겼다. 바로 교대 근무로 힘들게 일하는 남편의 밥상을 주부로서 책임지고 관리해야 한다는 부담.

메인 반찬은 필수, 밑반찬은 두세 가지 골고루, 반드시 국이나 찌개도 곁들여야 한다는 생각에 가뜩이나 요리를 잘 못 하는 나는 점점 더 요리가 부담으로 다가왔다. 풍성하고 맛있는 식사를 준비해야 한다는 강박관념에 주방 앞에 서서 종종거리는 시간이 많아졌다.

그런 내가 변한 계기는 세계 여행 중에 머물렀던 뉴질랜드에서의 한 달간의 캠핑카 생활이었다. 여행 성수기를 코앞에 두고 뉴질랜드에 도착한 우리 부부는 부담스러운 렌트비에 모든 것이 갖춰진 캠핑카를 빌릴 수 없었다. 대신 트렁크 쪽에 간이 싱크대를 만들 수 있는 작은 밴을 겨우 빌렸다.

캠핑 여행에서 우리의 하루는 언제나 분주했다. 식사 준비와 뒷정리 때문이었다. 집에 가만히 있어도 아침 밥 먹고 나면 설거지, 설거지 하고 나면 점심 밥 준비, 점심 설거지 하고 나면 저녁 밥 준비…… 그렇게 무한 반복의 궤도를 타야 했는데, 캠핑카 여행을 하면서도 달라진 것은 없었다. 오히려 야외에서 밥을 지어 먹으려니 시간이 배로 들었다. 매일 호젓하게 일몰을 구경할 새도 없이 저녁 밥 먹고 설거지하고 씻고 나면 곯아떨어지기 일쑤였다.

참 이상했다. 매일 대부분의 시간을 요리와 정리에 쏟는 우리 부부와 다르게 주변 다른 캠핑족들은 언제나 여유로워 보였다. 늘 산책 중이거나 의자에 앉아 카드 게임을 하거나 낮잠을 자고는 했다. 황홀한 일몰을 감상하며 맥주 한 잔을 하는 그들 옆에서 분주하게 마지막 식사 뒷정리를 하는 우리의 모습에 나는 순간 이상함을 감지했다.

그날부터 그 친구들을 유심히 보기 시작했다. 그리고 깨달았다. 캠핑 여행에서 가장 중요한 것은 단순함이라는 것을.

그들이 나보다 근사한 캠핑카를 타고 다닌다거나 편리한 물건들이 많아서 캠핑 생활이 여유로운 게 아니었다. 오히려 일상에서 필요하다고 여겨지는 많은 것들을 배제하고, 빼고, 제외하고, 생략하고, 내려놓았기 때문이었다.

그들의 아침 식사는 대개 시리얼, 과일, 잼 바른 빵이나 간단한 채소를 넣은 빵이었다. 점심과 저녁도 마찬가지였다. 파스타를 하거나 소시지를 굽고 채소를 볶아 간소하게 먹었다. 언제나 만들기에도 쉽고, 먹기에도 쉽고, 뒷정리는 더 쉬운 음식들이었다.

샤워는 가끔 건너뛰고는 작은 대야 하나에 물을 담아 세수와 양치를 끝냈다. 그렇게 씻고 나서 대야에 물을 조금 더 추가해 손빨래를 하고, 몇 개 되지 않는 그릇들을 씻어냈다. 깨끗한 물이 귀한 캠핑장에서 작은 대야 하나와 물 한 병으로 모든 게 해결되는 모습을 보며 나는 속으로 박수를 쳤다. 정말이지, 생활하는 패턴 자체가 단순하고 자유로웠다.

나도 그들을 따라 단순한 캠핑 생활을 이어나가보기로 했다. 가장 걱정스러운 것은 샤워였다. 매일 샤워를 해야 하는 나로서는 3일간 샤워를 포기한다는 것은 굉장한 '내려놓음'이었다. 그런데 3일간 샤워를 안 해도 내게 아무 일도 일어나지 않았다. 가장 힘든 것을 내려놓고 나니, 다른 것들은 모두 순조로웠다. 아침에는 과일로 식사를 하고 점심에는 토마토, 오이, 양상추, 치즈를 넣은 샌드위치나 그냥 과일잼을 바른 식빵을 먹었다. 저녁에는 냄비 밥에 반찬 한 가지를 간단하게 만들어 먹었다.

그렇게 식사가 단순해지자 매일 피곤에 곯아떨어지던 우리에게도 시간이라는 것이 남기 시작했다. 캠핑장에서 제일 좋은 명당자리에 접이식 의자를 펼치고 앉아 눈을 감고 쉴 새 없이 치는 파도 소리를 들었다. 때로는 뜨겁게 저무는 일몰을 감상하기도 하고, 틈틈이 적던 일기를 빼곡하게 채우기도 하고, 다른 캠핑족들과 함께 대화를 나누기도 했다. 간소한 식생활 덕분에 우리의 하루에도 여유라는 것이 스며들었다. 비로소 우리는 캠핑카 여행의 참 재미를 누릴 수 있었다.

부족한 것을 탓하지 않고 자신에게 주어진 것과 가진 것에 만족하며 여유를 한껏 즐기는 그들을 보며 단순한 삶이란 어떤 것인지, 가진 것이 적을수록 왜 자유로울 수 있는지 배우고 느낄 수 있었다. 뉴질랜드 이후의 세계 여행에서도 우리는 한 그릇의 식사를 즐기거나 밥과 한두 가지 반찬만으로 아주 간소하게 먹기 시작했다. 너무 많이 먹지 않는 삶의 가벼움을 알게 된 이상 예전으로 돌아가고 싶지 않았다.

여행을 마치고 한국에 돌아와서도 우리의 식탁은 변함없이 간소하다. 더 이상 우리의 식탁에는 메인 메뉴와 밑반찬이라는 구별이 없다. 오징어볶음에 쌈채소만 올려 먹기도 하고, 달걀 프라이와 멸치볶음만으로 밥을 먹기도 한다.

이따금씩 조금 더 해서 먹을까라는 생각이 스칠 때도 있지만 그럴 때마다 뉴질랜드 캠핑족을 생각한다. 간단하게 식사를 마치고 맥주 한 잔 하며 노을을 즐기던 그들. 간소한 식사 뒤에 남겨진 홀가분함과 자유로움, 그리고 가벼웠던 시간들까지. 그러고는 헬렌 니어링의 말을 속으로 되뇐다.

“식사를 간단히, 더 간단히. 이루 말할 수 없이 간단하게 준비하자. 그리고 거기서 아낀 시간과 에너지는 시를 쓰고, 음악을 즐기고, 곱게 바느질하는 데 쓰자. 자연과 대화하고, 테니스를 치고, 친구들을 만나는 데 쓰자.”

우리는 우리의 시간과 공간, 그리고 우리의 식탁을 조금 더 공백으로 채울 필요가 있다.

Part 3

단순하게, 홀가분하게 : 라이프

통장에 돈이 남기 시작했다

이상하게 통장에 돈이 남기 시작했다. 특별히 수입이 늘어났거나, 절약을 위해 힘껏 애를 쓴 것도 아니었다. 나는 그대로 충분히 먹고 싶은 것을 먹고, 사고 싶은 것을 사고, 하고 싶은 것을 하면서 어느 때보다 만족스러운 소비 생활을 하고 있었다.

그럼에도 불구하고 매달 통장에 남는 돈의 액수가 나날이 커져갔다. 이유가 뭘까 곰곰이 생각하고 따져보니, 달라진 것이 있기는 했다. 유일하게 달라진 하나, 바로 돈을 쓰는 방식이었다.

단순하게 살다 보니 어느새 돈 쓰는 방식이 더없이 단출해졌다. 미니멀한 소비, 심플한 절약, 우리집 현금 흐름이 한눈에 보이는 가계부가 내게 돈을 불러왔다. 돈이 아닌 가벼운 삶을 목표로 살아온 것뿐인데, 사실은 이것이 돈을 가장 절약하는 방법이기도 했던 것이다.

직관적으로 한눈에 나의 수입과 지출이 보이는 단순한 가계부를 선호하다 보니 돈의 흐름이 쉬이 머릿속에 그려지지 않는 신용카드는 지양한다. 남편 회사의 복지 포인트를 사용하기 위해 필수로 발급받아야 했던 카드와 고정지출 전용 카드가 유일한 신용카드. 평소에는 오직 체크카드 한 장과 현금으로 소비한다. 신용카드를 쓰면서 미래에 벌 예정인 돈을 당겨 소비 생활을 하지 않으니, 언제나 분수에 맞는 생활이 가능하다. 신용카드를 쓰지 않는 것만으로도 가계부에 마이너스는 나지 않는다.

돈을 아끼는 것만이 목표인 절약은 특별히 하지 않는다. 돈을 모으는 데에 절약은 굉장히 효과적인 방법이지만, 극한의 절약은 생각보다 많은 에너지와 시간을 필요로 한다. 푼돈을 아끼기 위해서 그보다 더 귀한 에너지를 낭비하게 하는 뱀파이어처럼 느껴진다.

택시로 10분이면 가는 거리를 버스를 타고 빙빙 돌아서 40분을 가야 한다면, 혹은 천 원 더 싸게 사기 위해 최저가 검색을 하며 한 시간을 허비한다면, 최저 시급이 1만 원에 육박하는 이 시대에 정말로 의미 있는 절약이라고 말할 수 있을까?

많은 시간을 잡아먹는 앱테크, 포인트를 적립해주는 각종 멤버십 혜택과 회원카드, 다양한 할인이 가능한 신용카드까지. 나는 돈을 절약하는 것을 좋아하지만 이런 것들은 하지 않는 편이다.

푼돈을 절약하려다가 더 큰 소비를 불러일으키는 것들이기 때문이다. 앱테크를 하기 위해서는 나의 귀한 개인 정보를 팔아 넘겨야 하고, 포인트를 적립해서 사용하기 위해서는 일정 금액까지 지속적인 지출이 필요하며, 신용카드 할인을 받기 위해서는 매달 정해진 금액만큼 카드를 긁어야 한다.

돈을 아끼기 위해 하는 행위들 때문에 소비는 더 복잡해지고, 더 많아진다. 1퍼센트의 포인트 적립, 20퍼센트의 할인을 위한 더 많은 소비가 '절약'이라는 측면에서 보았을 때 진짜 효과가 있을까 싶다.

배송료를 안 내기 위해 더 많은 쇼핑
할인 기간이 지나기 전에 서둘러 쇼핑
품절 될까봐 쟁이는 쇼핑
대용량이 더 싸니까 쇼핑
다섯 개보다 열 개짜리 사는 게 더 이득이니까 쇼핑

나는 더 많은 물건을 갖고 싶어서 또는 필요로 해서 이런 방식의 쇼핑을 한 것이 아니었다. 단지 더 싸게 사고 싶었을 뿐이다. 돈을 조금이라도 더 아끼고 싶었을 뿐이다. 그런데 곰곰이 생각해보면 이런 쇼핑 방식이 진짜 나의 돈을 아껴주었을까.

싸길래 사다 보니 어느새 물건들로 꽉 차서 답답한 나의 집, 크게 산 것도 없는데 자잘한 것들이 여러 개 모여 만들어진 어마어마한 카드 값, 열심히 돈을 벌고 알뜰하게 소비하는데 이상하게 말일이 되면 남지 않는 잔고…… 매번 누구보다 열심히 최저가를 찾았고, 적립과 할인 혜택도 꼼꼼하게 받았는데, 왜 나의 지갑은 이토록 가벼워졌을까.

무한 소비의 궤도에서 벗어난 이제는 말할 수 있다. 많으면 많을수록 좋다, 싸면 쌀수록 좋다라는 상술에 홀라당 넘어간 나의 잘못이다.

많은 양을 살 때보다 적은 양을 구입할 때 더 비싸다. 그래서 적게 사면 왠지 손해를 보는 것 같다. 그러나 비싼 것 같아도 필요한 양만큼만, 일정 기간 내에 소진할 수 있을 만큼만 구입할 때 돈이 가장 절약된다. 너무 많아서 냉장고 속에서 잊히거나, 지겹고 물려서 더는 못 먹고 결국 썩혀 버리는 과일들을 떠올려보면 이해하기 쉽다. 딱 먹을 만큼만 구입한다면 가장 신선하고 싱싱한 과일을 맛있게 먹을 수 있으며, 버려지는 게 없으니 그만큼 절약이 되는 셈이다.

이제는 알고 있다. 아무리 최저가를 찾아도 배송료 3000원을 내기 싫어서 더 많은 물건으로 장바구니를 채우게 된다는 사실을 말이다. 천 원 아끼려다 만 원을 더 쓰게 된다. 그럴 바엔 초록 검색 창에 사고 싶은 거 검색하고, 상위 랭크 중에 대충 평 좋고 가격 저렴한 것 골라 배송료 3000원을 내고 5분 만에 간단하게 쇼핑을 끝내는 편이 좋다. 최저가를 찾기 위해 인터넷을 서핑하며 영양가 없는 시간을 보내는 대신에 커피 한 잔 내려 들고 식탁에 앉아 주말에 도서관에서 빌려온 책을 읽는 시간이 훨씬 값지다.

돈보다 귀한 것들을 생각하며 돈을 쓰다 보니 좀처럼 줄지 않던 소비가 자연스럽게 줄어들었다. 단순한 쇼핑으로 아낀 에너지와 시간은 내가 하고 싶은 것을 하는 데에 더 보태어 쓴다. 이렇게 하면 돈을 최우선 순위에 두고 무조건 아끼려 들었을 때보다 소비가 크게 줄어든다.

요즘 나는 각종 포인트 카드와 무분별하게 발급받은 은행 카드, 쓸데없는 명함으로 가득 차서 늘 뚱뚱하고 무거웠던 지갑 대신에 체크카드 한 장, 현금 몇 장, 신분증, 도서관 대출증만 간결하게 들어 있는 작고 가벼운 지갑을 들고 다닌다.

소비는 필요한 것만 미니멀하게, 절약은 시간을 너무 잡아먹지 않는 한에서 심플하게, 그리고 눈을 감으면 모두 그려질 만큼 간단한 계좌와 가계부. 이 단순한 돈 관리는 무리해서 애쓰지 않아도 나의 통장에 여분의 돈을 차곡차곡 쌓아준다.

낭비와 기분 좋은 소비, 그 사이

하루에 두 번이나 병원을 방문해야 했던 날, 진료 중간에 붕 뜬 시간을 때울 겸 유효기간이 얼마 남지 않은 커피 기프티콘을 소진하러 카페에 갔다. 보통 때라면 커피 한 잔만 마시고 나왔을 텐데, 그날따라 케이크가 내 눈을 사로잡았다. 배가 고팠던 것은 아니라서 다 먹을 수 있을까 살짝 망설여졌지만, 눈에 띈 케이크를 외면할 수 없었다. 그렇게 커피와 함께 케이크를 주문했다.

예상대로 나는 케이크를 남겼다. 남긴 것이 아까워서 포장을 하는 바람에 일회용 포장 박스도 썼다. 커피 한 잔이면 충분하다고 생각했으면서도 괜한 욕심으로 케이크까지 주문하는 바람에 돈도 더 썼고, 그만큼 일회용 포장을 비롯한 불필요한 자원도 더 썼다. 케이크 한 조각만큼 몸도 해를 입었을 터. 이 모든 것은 그저 나의 욕심에서 비롯된 낭비였다.

같은 날, 집으로 돌아오는 길에 남편과 나의 커플 실내화를 샀다. 살고 있는 집이 신축 건물인데, 아직도 공실이 많아 난방을 틀어도 따뜻해지지 않고 방바닥이 차가워서 여러모로 불편했다. 바닥의 냉기를 피하기 위해 실내화가 하나 있었으면 좋겠다는 생각을 한 지 3주 만에 구입하게 된 것이다.

우리에게 정말 꼭 필요한 물건인지 오래 고민했고 신중하게 구입한 만큼 실내화에 대한 만족도는 매우 높았다. 바닥의 찬기가 느껴지지 않아 일상생활이 편해졌고, 덕분에 난방 온도도 조금 더 낮출 수 있었다.

아무 생각 없이 샀던 케이크가 떠올릴 때마다 내 마음을 불편하게 하는 소비였다면, 실내화는 신을 때마다 내 기분을 좋아지게 하는 소비다. 케이크가 낭비였다면 실내화는 가치 있는 소비다.

값이 싸고 비싸고의 문제가 아니다. '필요'와 '불필요'의 차이이며, 가치 유무의 차이다. 이것이 내게 진짜 필요한 것인가를 신중히 헤아린다면 보다 현명한 소비를 할 수 있다. "이것이 낭비일까요?"라고 다른 이에게 물어볼 필요도 없다. 누군가에게는 한낱 낭비에 불과한 소비가 누군가에게는 그날의 가장 가치로운 소비가 될 수도 있기 때문이다.

필요한 것, 충분하다는 느낌은 사람마다 다르다. 만약 그날 먹은 케이크가 스트레스를 엄청 받은 어떤 날에 먹은 초코 케이크였다면, 케이크는 나의 스트레스를 풀어준 훌륭한 소비였을 것이다. 하지만 배부른 상태에서 그냥 아쉬움에 주문한 케이크는 그저 칼로리 높은 케이크 한 조각의 낭비에 불과했다.

모든 것은 스스로에게 물어볼 것. 이것만 지킨다면 나는 언제나 일상 속 깊숙하게 스며든 소비 자극에 현혹되지 않고 주체적인 소비를 하며 살아갈 수 있을 것이다.

마지막 남은 한 줌의 오후 햇살까지 충분하게 만끽하며 책 읽는 시간. 사랑하는 사람과 눈을 맞추고 다정한 대화를 나누는 시간. 송골송골 이마에 맺힌 땀을 닦으며 오늘의 운동량을 위해 다시 한번 동네 공원으로 뛰어가는 시간. 넘치고 넘쳐도 결코 낭비라는 생각이 들지 않는 것들은 오직 이런 시간들뿐이다.

절제의 우아함

얼마 전 집 근처 마트에서 큰 세일 행사가 열렸다. 대부분의 과자를 반값에 판매하는 행사였다. 평소 같으면 눈길 한번 주지 않고 그대로 지나쳤을 텐데, 갑자기 뭐에 홀린 것처럼 행사 매대로 다가가 과자를 담기 시작했다. 1+1도 담고, 2+1도 담아서 아주 큰 봉지 하나를 과자로 꽉 채웠다.

모처럼 집에 과자가 잔뜩 쌓였다. 달콤한 행복이 쏟아질 거라 생각했는데, 과자를 먹고 싶다는 생각이 싹 사라졌다. 집에 과자 한 봉지 쟁여두지 않았을 때에는 그렇게 매일같이 먹고 싶던 과자였는데, 언제든지 먹을 수 있다고 생각하니 마음이 달라진 것이다. 한 봉지씩 사서 먹을 때는 그렇게 맛있었는데, 집에 쌓아놓고 나니 맛도 그저 그랬다. 많으면 많을수록 행복도 늘어날 줄 알았는데, 오히려 팍 줄어들어버렸다. 제대로 김샜다.

왜 그럴까 생각해보니 내가 과자를 먹을 때 느끼는 행복은 결핍에서 나오는 것이었다. 몸에 좋은 식품이 아니다 보니, 과자를 고를 때는 늘 '가장 먹고 싶은 걸로 딱 한 봉지만 먹자!'라고 스스로와 약속했고, 그래서 과자를 먹는 날은 과자를 골라 구입하는 순간부터 집에 돌아와 과자봉지를 뜯고 입안에 과자를 넣는 순간까지, 그 모든 과정이 나를 설레게 하고 행복하게 해주었다.

과자를 잔뜩 사오던 날, 나는 지나친 물질적 풍요 속에서 되레 행복의 결핍을 느꼈다. 지나친 풍요는 적당한 결핍보다 못한 것일 수도 있겠다는 생각을 했다. 적당한 절제와 절약이 오히려 나를 행복하게 하는 길이었다. 이 단순한 진리는 결코 과자에만 국한되는 것이 아니었다.

적당히 배부를 때 수저를 내려놓는 것, 적당히 피곤할 때 몸을 쉬어주는 것, 적당히 들떴을 때 마음의 평정을 찾아주는 것, 적당히 즐거울 때 내일을 위해 집으로 귀가하는 것. 적당할 때 절제하는 행동은 그 자체만으로도 삶을 여유롭고 우아하게 만들어준다.

그리고 또 한 가지. 적당한 절제가 몸에 배면 우리의 재정 상태 또한 건강해진다. 나의 수입을 정확히 파악하고 나의 분수를 알며 적당한 소비와 지출을 꾀할 때 우리의 통장에는 여분의 돈이 남는다. 그렇게 수중에 남는 돈이 많아진다면, 되레 사고 싶은 것이 줄어든다. 내게는 이미 그 물건을 살 만큼 충분한 돈이 있다는 생각이 들면서 동시에 그 물건에 대한 물욕과 구매욕이 줄어드는 것이다. 절제는 마음의 풍요를 낳고, 마음의 풍요는 절제를 강하게 한다.

여름에는 반팔, 겨울에는 긴팔. 계절마다 같은 디자인, 같은 색상의 티를 여러 장 사서 매일 똑같은 옷을 입고 다니는 남편은 갖고 싶은 게 없다고 한다. 돈 쓸 데가 없고, 돈 쓸 일이 없다고 한다. 남편이 처음부터 이렇게 물욕이 없는 사람은 아니었다. 가방은 좀 더 좋은 거 사야 하지 않을까, 시계랑 구두 하나쯤은 좀 비싼 걸로 사고 싶어. 늘 그렇게 물건에 의미를 부여하며, 비싸고 좋은 것으로 사고 싶어 했다.

과거의 나도 그랬다. 내가 소위 명품이라 불리는 비싼 브랜드의 물건들을 가장 열망했던 시기는 대학생과 사회 초년생 시절이었다. 그땐 수중에 가진 돈이 얼마 없기에 비싼 물건을 갖고 싶었다. 사고 싶어도 돈이 없어 못 사기에 안달이 났고, 갖지 못해 힘들었다.

지금은 다르다. 어느덧 우리는 30대가 되었고 수입은 나날이 늘어가는 반면 지출은 매년 조금씩 줄어들면서 자산이 늘었다.

불어나는 자산이 눈에 보이니 남편도 나도 자연스레 물욕이 없어졌다. 내가 사고 싶다면 언제든 살 수 있을 만큼 여유로우니 굳이 지금 당장 살 필요가 없기 때문이다.

카페에서 커피 마시는 시간을 좋아하는 나는 코로나 시대 이전에는 자주 카페에 갔다. 그러나 요즘에는 아무래도 쉽지 않다. 카페가 내 일상에서 당연하지 않은 경험이 되자 카페에서 보내는 시간이 더 귀해졌다.

'아무 카페나 가자'라는 생각은 하지 않게 된다. 특히 남편과 함께 카페에서 마시는 커피는 더더욱 흔치 않다 보니, 한 잔을 마시더라도 그저 커피를 마시는 것이 아니라 하나의 특별한 경험이 되길 바라는 마음이 생겼다. 그러니 카페도 더 고심해서 고르게 되었다. 그만큼 남편과 처음 보는 새로운 커피를 맛보며 특별한 시간을 보낼 수 있게 됐다. 만약 남편과 매일 카페에 가서 커피를 마시는 것이 나의 일상이라면, 함께 보내는 커피 타임이 그리 새롭거나 즐거울 수 없을지도 모른다.

작은 펜트리에 여전히 남아 있는 과자를 보며 오늘도 다짐한다. 앞으로는 할인 없이 정가를 다 주고 산다 하더라도 먹고 싶은 순간에 먹고 싶은 만큼만 사 먹는 걸로. 그게 가장 맛있게 먹는 방법이니까.

어쩌다 보니 제로 웨이스트

제로 웨이스트에 눈을 떴다. 오랫동안 물건을 적게 지니고 적게 쓰며 살다 보니 과잉 소비로 인한 환경 문제에도 자연스럽게 마음이 갔다. 가급적 쓰레기를 만들지 말자는 제로 웨이스트는 내가 지향하는 지점과 맞닿아 있다.

처음에는 플라스틱 쓰레기를 줄이는 것에 혈안이 되었다. 플라스틱이 아닌 종이 포장을 환영했고 천 주머니 구입을 찬양했다. 물건을 살 때면 포장은 물론 성분에까지 집착했다. 옷에도 상당수의 플라스틱이 들어간다는 것을 알고는 플라스틱 성분이 없는 옷을 찾아 헤맸다.

문제는 그 과정에서 수많은 딜레마를 겪었다는 것이다. 예를 들어, 플라스틱이 들어 있지 않은 옷을 구입하려면 면이나 모, 실크 등 천연 소재로 구매 범위가 좁혀진다. 그런데 이것 또한 문제는 있었다. 면은 대량으로 목화를 재배하는 과정에서 어마어마한 환경오염을 만들고, 모는 공장식 사육으로 인한 동물 학대를 낳는다. 그러니 내 기준에서는 입을 수 있는 옷이 없었다.

커피도 마찬가지다. 밖에서 사 먹으며 종이컵을 낭비하지 않겠다고 집에 커피 머신을 들였는데 기계 부품들이 플라스틱으로 되어 있었다. 원두는 또 어떻고. 원두 생산을 위해 수많은 산림이 파괴되고 있을 뿐만 아니라 노동 착취 문제도 발생한다. 원두가 수입되는 이동 과정에서 탄소 발자국도 무시할 수 없다.

수없이 마주치는 딜레마 앞에서 이게 진짜 지구를 위한 걸까, 생각이 많아졌다. 나는 죽었다 깨어나도 비닐과 플라스틱에서 온전히 벗어난 삶을 살 수 없을 것 같았다. 아니, 더 정확하게 말하자면 환경에 전적으로 무해한 삶을 살 수는 없다는, 믿고 싶지 않지만 믿을 수밖에 없는 현실이 보이기 시작했다.

또 이 모든 딜레마와 모순과 원리 원칙 그리고 소신을 꼼꼼히 따져가며 겨우 타협할 수 있는 물건과 서비스를 찾았다고 치자. 그것은 굉장히 비쌌다. 당연하다. 합당한 권리와 정당한 가격을 매긴 물건들이니까. 그렇지만 그마저도 완벽한 소비와 선택이 될

순 없었다. 어떤 소신을 가지고 어떤 선택을 하더라도 나의 모든 선택에는 언제나 모순이 따랐다.

본질적인 문제는 그저 표면적인 쓰레기를 줄이는 데 있지 않았다. 비닐봉지 대신 종이 포장과 천 주머니를 사용해서 장을 보는 것도 매우 중요하지만 그보다 궁극적으로 더 중요한 것이 있었다. 바로 내게 꼭 필요한 만큼의 식재료를 구입해 허투루 버려지는 것 없이 다 먹고 꼭 필요한 물건을 구입해 고장 날 때까지 사용하겠다는 마음가짐과 소비 습관 말이다.

여기까지 생각이 이르자 죄책감에 불편했던 내 마음이 조금은 편안해졌다. 분명 살아가는 동안 수없이 지구에 유해한 발자국을 남길 수밖에 없겠지만, 그래도 그것을 '최소화'할 수 있겠다는 생각이 들었다. 최소한 '덜 유해한 쪽'으로 선택할 수는 있겠다, 가장 효과적인 방법은 낭비하지 않는 삶을 사는 것이구나 하는 그런 결심이 섰다.

천 주머니를 들고 장을 보면서 냉장고에는 매번 썩거나 상해서 버리는 식재료를 만들기보다는 비닐봉지를 몇 장 쓰더라도 내가 구입한 식재료를 남김없이 끝까지 다 먹을 것. 그리고 내게 들어온 비닐봉지 한 장도 소중한 자원으로 귀하게 대할 것. 그 마음가짐이야말로 진정한 제로 웨이스트가 아닐까 싶었다.

식사가 좀 부실하더라도 냉장고를 더 이상 탈탈 털 수 없을 때까지 비우고 나서야 장을 본다. 요리를 하다 보면 양이 좀 적다 싶을 때가 있다. 예전엔 양을 늘리는 요리를 택했다면 요즘에는 그냥 덜 먹기를 택한다. 그래도 늘 배부를 만큼 먹는다. 사실 음식은 조금 아쉽다 싶은 만큼만 먹었을 때 가장 맛있고 속도 편안하다.

조금 부족하다 느껴질 때, 꼭 무언가를 더해야 하는 건 아니다. 조금 부족하더라도 '괜찮아. 이 정도면 충분해'라고 생각하고 느낄 수 있는 마음. 넘치기보다 부족한 상태를 택하는 습관. 그것만 있다면 나는 언제 어디에서나 만족할 수 있는 사람이 될 수 있다.

오늘은 소매의 단추가 똑 떨어져서 집에서 달았다. 합성 섬유로 만든 원피스지만 깨끗하게 관리해서 아주 오래오래 입고 싶다. 꼭 필요한 물건들은 오래 쓸 것들로 신중하게 구입하고, 한번 들인 물건은 쉽게 버리지 않고 곁에 오래도록 두는 방식은 아름답다. 음식도, 물도, 전기도, 시간도, 돈도, 에너지도, 사람 간의 관계도 내게 주어진 것들을 낭비하지 않고, 허투루 쓰지 않고, 귀히 여기면서 그렇게 아름다운 삶을 살아가야겠다는 다짐을 해본다. 내 몸에도, 가정에도, 지구에도 아름다운 삶.

너는 언제쯤 고장 날까

몇 년 전 세계 여행을 떠나면서 대부분의 가전제품을 다음 세입자에게 저렴한 가격으로 넘겼다.

전기밥솥만은 선택받지 못하고 남겨졌는데 마침 엄마가 쓰시겠다고 집으로 가져오라고 해서 다행히 버려지는 것은 면할 수 있었다. 하지만 우리의 전기밥솥은 밥맛이 없다는 이유로 엄마 집에서 천덕꾸러기가 되었고, 곧 베란다 붙박이장 구석에 박히는 신세가 되었다.

한국에 돌아온 뒤 엄마에게 맡겼던 전기밥솥을 도로 가져왔다. 처음에는 새로 사기 전까지만 임시로 쓰자는 마음이었는데, 어쩌다 보니 그 뒤로 두 번이나 이사를 했음에도 여전히 그 밥솥을 쓰고 있다. 가끔 밥을 하면서 김이 샐 때도 있고, 밥이 다 지어질 때까지 아예 김이 안 빠지기도 하는데 그럼에도 버리지 못했다. 애매하게 김이 샐지언정 밥 짓는 임무는 늘 완수했고, 무던한 우리 입맛에는 밥맛도 썩 나쁘지 않았다. 아직 멀쩡해 보이는 것을 버리는 것에 죄책감도 들었고.

솔직히 말해서 나는 늘 밥솥이 고장 나기를 바랐다. 촌스러운 빨간색에 크기만 큰 밥솥은 내 스타일이 아니었다. '너는 언제쯤 고장 나는 걸까. 네가 완벽하게 고장이 나야 내가 죄책감 없이 후련하게 버리고 예쁜 디자인의 신상을 구입할 텐데'라는 생각을 하면서 매번 째려보곤 했다.

내 마음을 아는지 7년 차가 되던 해 밥솥은 날이 갈수록 점점 더 김이 새는 빈도가 잦아졌다. 나는 골골대는 밥솥 옆에서 예쁜 신상의 압력밥솥을 검색하고는 했다.

어느 날 우리 집에 놀러 온 친구에게 밥솥에 대한 푸념을 늘어놓자 친구는 그 정도는 고칠 수 있을 거라면서 AS를 받아보라고 했다. 마침 집 근처에 AS센터가 있어 방문했더니 고무패킹만 교체하면 된다고 했다. 관리를 잘한 덕분에 앞으로 몇 년은 끄떡없겠다는 말도 들었다. 예쁜 밥솥을 못 사게 되어 아쉬운 마음은 있었지만, 쓸 만한 녀석을 조금 더 오래 쓸 수 있게 되어 반가운 마음이 더 컸다.

3만 4000원을 들여서 내장된 고무패킹을 모두 교체했다. 닳아버린 고무들을 싹 빼고 새 고무패킹들을 입혀주고 나니 아주 짱짱해졌다. 집에 와서 물 세척을 한번 해주고 구석구석 반짝반짝 닦아주니 꼭 새것 같다. 여닫는 게 부드러워지고 김이 새면 고무패킹을 교체해주면 된다는 새로운 살림 팁을 배웠다.

조금 수고롭게 움직인 덕분에 돈도 아끼고, 지구도 살리고, 귀중한 자원을 좀 더 오래 쓸 수 있게 되었다. 이번 경험을 계기로 내가 얼마나 새것을 사는 데에 거리낌이 없는지 알게 됐다. 물건이 고장 나면 고칠 생각보다 새로 구입하는 것을 먼저 떠올리는 나를 반성했다.

어린 시절 우리 집은 물건이 망가지면 고쳐 쓰는 것을 당연시했다. 고치고, 또 고치다가 서비스센터 직원분께 "이건 고치는 게 새로 사는 것보다 돈이 더 들어요"라는 말을 듣고 나서야 새 물건을 샀다. 하지만 요즘은 어떤가. 물건이 망가지면 고치기보다 버리고 부담 없이 새것을 사는 게 당연한 시대가 되었다.

비싸지만 평생 쓸 수 있는 스테인리스 부품 대신 값싼 플라스틱 부품을 넣어, 저렴해진 물건이 많아졌기 때문이다. 플라스틱 부품은 몇 년 안에 낡거나 파손되어 못 쓰게 된다. 생산자들은 평생 쓸 수 있을 만큼 튼튼한 부품과 물건을 만들 수 있지만 그렇게 하지 않는다. 소비자들도 생산자들도 헌것을 버리고 새것을 사는 편을 더 선호하기 때문이다.

이 사실을 알게 된 후로 나는 내 자리에서 할 수 있는 만큼 아껴 쓰고, 고쳐 쓰고, 나눠 쓰고, 받아 쓰고 싶어졌다. 애초에 물건을 구입할 때 가격만 생각하지 말고 얼마만큼 오랫동안 쓸 수 있는가, AS는 어떻게 받을 수 있는가 등 물건의 지속성에 무게를 두고 꼼꼼히 따져보는 습관을 들여야겠다고 생각했다.

시댁에 내려간 날, 잠시 들를 데가 있다던 어머님은 신발 파는 매장으로 들어가 당신이 가져온 쇼핑백을 매장 직원에게 건네시고는 이렇게 말씀하셨다.

"신발 수선 좀 맡기려고요."

속으로 깜짝 놀랐다. 나는 신발도 수선한다는 생각을 해본 적이 없고, 그게 가능한지도 몰랐다. 물건 하나도 허투루 버리거나 낭비하지 않고, 일단 고쳐보려는 어머님의 살림 습관을 보면서 나 역시 많이 배울 수 있었다.

그건 궁상이 아니라 우아하고 아름다운 살림법이었다. 생각보다 AS 서비스를 받을 수 있는 물건의 폭이 넓었다. 그 뒤로 신발뿐만 아니라 패딩, 원피스 등의 의류와 소형 가전들도 고장 나거나 손상되어 버리기 전에 혹시나 싶어서 업체에 문의를 해보면 대부분 AS가 가능하다는 답을 해주었다. 조금만 품을 들이면 물건을 더 오래 쓸 수 있는 것이다.

아껴 쓰는 습관은 어려운 게 아니었다. 내가 가진 물건들을 하나하나 소중히 다루면서 늘 깨끗하게 닦아주고, 조여주고, 관리해주는 것. 고장 나면 고치고, 구멍 나면 기우면서 오래 쓸 수 있도록 늘 좋은 컨디션을 유지해주는 것이 아껴 쓰는 방법이었다.

7년이 지나도 아주 말짱하게 맛있는 밥을 지어주는 우리 집 밥솥에게 오늘따라 참 고맙다. 이제는 주기적으로 잘 관리해서 늘 새것처럼 오래오래 써야지.

에어컨 없이 살기 챌린지

2018년부터 매년 에어컨 없이 살기 챌린지를 하고 있다. 매년 도전하고 있고, 앞으로도 그럴 생각이다. 혼자 하는 이 챌린지는 단 하루라도, 단 한 시간이라도 에어컨을 덜 틀어보겠다는 발버둥 같은 것이다.

처음 시작한 2018년에는 처참히 실패했고, 2019년에는 완벽하게 성공했다. 2019년 그해 여름 나는 런던에 있었다. 유럽에서 영국의 여름이 가장 시원하다고 하기에 런던에서 꽉 채운 한 달을 보낼 예정이었는데 하필 그해 유럽의 여름은 지독하게 더웠다. 전 세계적인 기상이변이라고 했다.

런던에서 머무는 동안 에어컨을 거의 만나지 못했다. 에어비앤비 가정집에도 없었고, 식당이나 카페에서도 에어컨을 찾아보기 힘들었다. 지하철 안에도 물론 없었다. 에어컨이 너무나 간절했지만 반 강제적으로 에어컨이 없는 곳에 있다 보니 그해 여름은 에어컨 없이 살기 챌린지에 성공한 셈이 되어버렸다. 에어컨 없이 사는 여름은 말 그대로 죽을 것 같았는데 죽지 않고 살아남았다. 그리고 그 더위를 온몸으로 다 겪어보고 나니 그다음에 만나는 더위들은 대수롭지 않게 여겨졌다.

런던에서의 이런 경험 덕분인지 에어컨 없이 살기는 매년 조금씩 더 수월해지고 있다. 몇 년 전까지만 해도 조금만 덥게 느껴지면 바로 에어컨을 켜는 게 너무 당연했는데, 이제는 한번 더 생각하는 습관이 생겼다.

더불어 '에어컨 말고 다른 대안'이 매년 조금씩 발전하고 있다. 내가 사용해본 방법 중 가장 유용했던 건 아이스팩을 이용하는 것. 이따금 식자재 온라인 배송을 받아보면 아이스팩이 함께 오는데, 이걸 버리지 않고 냉동실에 챙겨두었다가 나만의 개인 에어컨으로 사용한다.

더위가 느껴지면 얼린 아이스팩을 꺼내 겨드랑이에 끼거나 정수리 위에 올리거나 목 뒤에 가져다 대면 바로 시원해진다. 겨드랑이, 목 뒤, 무릎 뒤쪽은 체온이 빨리 내려가는 부위라 가장 효과가 좋다. 아이스팩을 그냥 쓰면 얼음이 녹으면서 표면에 물이 생기기 때문에 주머니나 작은 수건 등으로 둘둘 말아주면 좋다. 의자에 앉아 있을 땐 발바닥 아래에, 누워 있을 땐 무릎 뒤쪽과 목 뒤쪽에 아이스팩을 놓는다. 여기에 선풍기까지 틀어두면 그곳이 바로 천국! 그렇게 하루에도 몇 번씩 아이스팩을 사용하면서 우리 집은 에어컨을 거의 틀지 않고 지내고 있다.

집에 걸리적거리는 큰 가구나 물건이 없는 것도 덥지 않은 집을 만드는 데에 한몫한다. 바람이 조금이라도 부는 날에는 모든 방과 거실의 창문을 활짝 열어두면 바람 길을 막는 것이 없으니 사방으로 온통 바람이 드나드는 것이 느껴진다. 이런 날에는 선풍기와 아이스팩만 있으면 에어컨 생각이 잘 안 난다.

동생은 오늘도 에어컨을 안 켰다는 내 말에 요즘은 에어컨을 종일 틀어도 돈이 얼마 안 든다고 너무 애쓰지 말라고 한다. 그런데 나는 돈을 절약하자고 에어컨을 안 쓰는 게 아니다. 해를 거듭할수록 더 위협적으로 변하는 기후 위기를 심각하게 느끼기 때문에 에어컨을 안 켜는 것이다. 개인 한 명이 좀 애쓴다고 해서 갑자기 좋아질 리는 없겠지만, 개인의 노력이 아무런 효용이 없다고 무작정 에어컨을 틀기에는 내 마음이 너무 불편하니까, 몸이 조금 불편해도 마음이 편한 방법을 택했다.

매년 여름 에어컨 덜 쓰기. 그리고 매년 이 마음을 작게나마 기록하기. 이 기록을 보고 단 한 분이라도 함께 행동에 동참한다면 개인의 노력이 완전 쓸데없는 짓은 아닐 것이다.

엄청난 무더위 속에서도 이따금 신기할 만큼 시원한 바람이 불 때가 있다. 더운 여름이지만 지치지 말라는 바람처럼 느껴진다. 비 오기 직전과 직후에 온도가 한껏 낮아진 바람도 좋다. 차가운 맨바닥에 대자로 누워 느끼는 냉한 느낌도 좋다. 에어컨을 덜 쓰는 덕분에 여름의 모든 면면을 다채롭게 느끼고 있다.

다음 주부터는 사상 초유의 폭염이 시작될 거라고 하는데 벌써부터 걱정이다. 최소한으로 에어컨을 쓰며 잘 견뎌봐야겠다. 어차피 이 또한 지나간다. 더는 못 참을 것 같을 때 가을이 오겠지!

사계절
서른 벌의 옷

"옷장은 옷으로 꽉 찼는데, 막상 입을 옷이 없네."

'웃픈' 현실. 공감하며 웃었다. 왜 그런지 이유를 생각하기보다는 나만 그런 게 아니라는 사실에 위안을 얻었다. 그러고는 옷장 가득한 옷을 보며 입을 옷이 없다는 생각을 하는 매일의 아침을 보냈다.

혼자 자취하던 시절, 한쪽 벽면에 옷으로 꽉 찬 행거가 있었다. 아무리 청소해도 방 안은 옷 먼지로 가득했다. 여러 차례 이사를 하며 비우고 남은 옷은 100여 벌이었다. 아홉 평짜리 신혼 원룸에 가지고 들어가기에는 여전히 많은 옷이었다. 결단을 내려야 했다. 이 중에 절반은 버리기로 했다.

몇 년간 전혀 입지 않은 옷도 있었고, '이런 옷이 있었나?' 싶은 낯선 옷들도 있었다. 비싸거나 소중한 추억이 깃든 옷이라며 아까워서 버리지 못했다. '얼룩이 묻었지만 시간 많을 때 손봐서 입어야지, 조금만 수선하면 괜찮을 것 같아'라는 생각에 마냥 가지고 있는 옷들도 많았다.

처음 시작은 그런 옷들을 비우는 것이었다. 무수히 많은 이유들로 더는 손이 가지 않는 옷들을 비우는 것. 그러고 나니 내게 60벌의 옷이 남았다. 계절에 맞춰 절반은 옷걸이에 걸고, 나머지는 리빙박스에 넣어 보관했다.

하지만 60벌의 옷 중에서도 매일 입는 옷들만 입었다. 그래서 한번 더 비우기로 결심했다. 나는 왜 그동안 입지도 않는 옷들을 쟁여가며 살았을까. 매일 다른 옷을 입어야 하고, 늘 유행하는 옷과 새로 산 옷들을 입어서 남들 눈에 그럴듯해 보이고 싶었던 욕망은 아니었을까.

그 마음을 인정하자 옷장 정리가 쉬워졌다. 매일 똑같은 옷을 입으면 사람들이 뭐라고 할 줄 알았는데, 아무도 내가 같은 옷을 입는다는 것을 눈치채지 못했다. 매일 같은 사람을 만나지 않기도 하지만 내가 생각했던 것보다 타인은 내게 관심이 없었다. 큰 충격과 함께 깨달음이 왔다. 그 뒤 옷을 처분하는 기준이 생겼다.

'내가 진짜 좋아하는 옷들만 남기자. 매일 입고 나가고 싶을 정도로 나를 설레게 하는 옷만 남기자.'

그 기준으로 만져보고 입어보면서 옷을 가차 없이 줄여나갔다. 그렇게 내게 남겨진 옷은 사계절 총 30벌. 처음으로 옷장에 여백이 생겼다. 오로지 내가 좋아하는 옷들만 고급 부티크처럼 가지런히 걸려 있는 옷장을 갖게 되었다.

모두 다 내가 소중히 여기는 옷들이라서 귀하게 대접해주고 싶은 마음. 오래오래 입고 싶어서, 옷걸이도 통일감 있게 모두 원목으로 바꾸고 옷들 사이의 간격도 떨어뜨려서 공기가 통하게 해준다. 한 번 입은 뒤에는 먼지를 말끔히 털어내고, 깨끗하게 세탁을 하고, 뽀송하게 건조시킨 뒤에 다시 옷장에 걸어준다. 대충 입지 않고 정성껏 관리하면 입었을 때 확실히 옷태가 다르다.

'설렘'을 기준으로 처분하는 습관이 들자 옷에도 유효기간이 있음을 깨달았다. 그 옷, 그 신발, 그 액세서리. 그 물건들이 내게 잘 어울리고 내가 잘 쓸 수 있는 때는 정해져 있는 것 같다. 비싸게 샀다고 아끼지 않고 매일매일 닳도록 입고 쓰고 있다. 몇 년이 지나 이 설렘이 사라질지도 모르니까. 아끼다 똥 된다. 내 취향은 언제나 변할 수 있음을 의식한다.

내 옷장의 옷은 언제나 30벌 언저리에서 더 늘지 않도록 신경 쓴다. 너무 많은 옷은 관리에 너무 많은 에너지가 든다. 그래서 되도록이면 가지고 있는 옷을 잘 활용해서 입으려고 하고, 옷 한 벌을 사더라도 신중하게 고심한다. '한 달간 이 옷 한 벌만 입으라면 입을 수 있을까?'라는 질문에 선뜻 '예스!'라는 대답이 나오는 옷만 구입한다. 과거에는 중구난방 여기저기서 예뻐 보이는 옷들을 몽땅 다 샀다. 가격이 싸면 쌀수록 신이 나서 더 많이 샀다. 그랬더니 실패도 많고, 몇 번 안 입었는데 금방 손상되고, 질리기도 쉬웠다. 그렇다고 버리자니 마음이 불편해 매번 옷장은 입지 않는 옷들로 포화 상태였다.

이제는 비싸더라도 입었을 때 잘 어울리고 무엇보다 내 기분이 좋아지는 옷, 그런 옷만 엄선해서 구입한다. 내가 가지고 있는 옷걸이 개수만큼만 옷을 소유하고, 새 옷을 걸 옷걸이가 없다면 사지 않는다.

옷의 개수가 적어진 뒤로 철이 바뀔 때마다 필수 코스였던 옷장 정리도 무척 간편해졌다. 정리라고 딱히 할 수도 없는 게, 리빙박스에 들어 있던 옷과 옷걸이에 걸려 있던 옷의 자리를 서로 바꿔주고 간절기 옷은 그대로 옷걸이에 걸어두는 것이 옷 정리의 끝이다. 아무리 천천히 해도 10분이면 끝나는 옷 정리. 예전에 옷이 빼곡하게 있을 때에는 계절이 바뀔 때마다 옷 정리를 하는 것도 주말에 큰맘 먹어야 하는 하나의 일이었는데 이제는 몸에 힘을 빼고 설렁설렁 해도 금방 정리가 끝난다.

오늘 아침, 여름이 가고 가을이 오는 게 느껴졌다. 아침 먹기 전에 잠깐 짬을 내어 옷장 정리를 마쳤다. 며칠 전 남편이 선물로 원피스를 사준다고 했다. 틈날 때마다 어떤 옷을 살까 열심히 골랐는데 옷장 정리를 하다 보니 옷을 사고 싶은 마음이 사라졌다. 나는 이미 내가 원하는 종류의 옷들을 충분히 가지고 있다. 예쁘게 개어져 있던 옷들을 상자에서 꺼내어 옷걸이에 걸면서 문득 설렜다. 얼른 입고 나가고 싶어서. 더 이상 사고 싶은 옷이 없다. 이미 내 옷장은 내가 입고 싶은 옷들로만 채워져 있다.

내 인생에 더 이상의 '약정'은 없다

새로운 집으로 이사한 지 얼마 안 됐을 때, 인터넷 와이파이를 어떻게 해야 할지 고민이 되었다. 최대한 적은 비용을 들이고 싶어서 이리저리 알아보기 시작했다. 하지만 며칠간의 검색 끝에 내린 결론은 '너무 복잡하다'였다.

세상에는 완벽하게 이해하기가 불가능한 인터넷 결합 상품이 많았다. 온 가족의 통신사를 통일하면 할인이 되고, TV를 결합해서 쓰면 더 할인이 되고, 새로 신용카드를 발급받으면 더 할인이 되고. 뭔가 싸게 하려고 하면 할수록 배보다 배꼽이 더 커지는 것 같았다. 내가 원하는 것은 오로지 하나, 무선 와이파이만 사용할 수 있으면 되는데 말이다.

답답한 마음에 건물 관리사무소에 문의해보니 다행히 관리사무소에서 관리해주는 인터넷이 있었다. 무약정에 설치비는 2만 7000원, 매달 요금 1만 5000원이었다. 이게 최선일까 고민하던 찰나, 엘리베이터 안에서 구세주를 만났다. 바로 광고 전단.

"인터넷만 신청 시 7700원."

나는 신이 나서 바로 전화를 했고, 순조롭게 가입이 되나 싶었는데 7700원짜리는 본사에서 막아두어 더는 신청이 불가하다고 했다. 그렇다면 왜 전단을 붙여둔 건지 의아했지만 우리에겐 선택권이 없었다. 인터넷만 사용하면 3만 원, TV와 결합하면 1만 4300원의 요금제를 권했다. 우리 집에는 TV가 없지만 TV 결합 상품이 더 저렴했기 때문에 후자로 가입했다. 나름 현명한 소비를 했다고 여겼다.

기사님은 다음 날 오전에 바로 와주셨고, 무선인터넷 설치도 순조롭게 마무리되었다. 문제는 그 이후에 벌어졌다. TV가 없어도 본사에서 언제 확인할지 모르니 텅 빈 벽의 콘센트에 셋톱박스를 설치해야 했다. 덧붙여 전화로 설명을 듣지 못했지만 1년간의 약정 기간이 있으며, 그전에 해지를 하게 되면 수십만 원의 위약금을 물어야 한다고 했다. 1년 뒤에 해지하고 싶으면 어떻게 하냐고 여쭤보니, 한 달 전부터 고객센터에 해지해달라고 '꾸준히' 전화를 해야 한다고 했다. 덧붙여 100원짜리 유료 서비스가 가입될

예정인데 한 달이 지나면 매달 5400원을 내야 하니, 자동으로 해지되도록 신청해두겠다고 했다. 그리고 가입자 명의로 본사에서 운영하는 쇼핑몰에 자동 가입이 되는데 그 쇼핑몰에서 물건을 사도 되고, 그대로 두어도 된다고 했다. 어차피 돈은 나가지 않는다는 것이었다. 이미 갈 채비를 마치고 신발도 다 신은 기사님은 현관문 밖으로 나가지 못하고 끊임없이 덧붙여지는 수많은 자동 가입과 복잡한 혜택과 절차에 대한 설명을 이어나갔다.

이쯤 되니 뭔가 한 방 먹은 것 같다는 생각이 들었다. 나는 인터넷 7700원이라는 값싼 전단 미끼에 걸려든 것뿐인데, 상황은 내가 원했던 방향과는 다르게 흘러가고 있었다. 700원만 더 주면 관리사무소를 통해 언제든 내 마음대로 자유롭게 가입하고, 해지할 수 있는 무약정 무선인터넷을 쓸 수 있는데. 나는 무얼 하자고 이렇게 1년 약정이 걸리고, 해지하려면 꽤나 질긴 에너지 싸움을 해야 하고, 불필요한 셋톱박스를 연결해 공간과 전기세를 써야 하고, 동의하지도 않은 서비스 요금제와 쇼핑 사이트에 자동 가입되는 이곳에서 인터넷 신청을 하게 된 걸까.

약정이라는 것은 언제나 성가지고 귀찮은 일이다. 일정 기간 꾸준히 쓰겠다는 약속인 약정을 통해 소비자는 더 저렴하게 상품과 서비스를 이용할 수 있지만, 대신 개인 변심으로 도중에 사용을 중단하기가 힘들다. 해지는 늘 시간과 에너지가 많이 들고, 위약금 또한 터무니없이 비싸다는 걸 알지만 지금 당장 내 지갑에서 나가는 돈이 줄어드니 소비자들이 약정을 포기하기란 쉽지 않다. 게다가 이제는 약정 서비스가 너무도 당연해졌다. 인터넷 약정, 휴대전화 약정, 정수기 렌탈 약정, 안마의자 렌탈 약정, 심지어 블랙박스 관리 약정과 매트리스 관리 약정까지! 금액대가 높아 한번에 구입하기 부담스러운 값비싼 상품 위주였던 약정 서비스는 이제 약정이 없어도 충분히 값을 지불하고 이용할 수 있는 일상용품에까지 손을 뻗쳤다.

헤아리는 것만으로도 머리가 지끈거린다. 모든 약정은 결국 빚이다. 내 물건이지만 렌탈 약정 3년이 지날 때까지는 온전히 내 것이 아니며, 다달이 무이자 카드 할부처럼 비용을 내야 하는 약정이 많아질수록 내 생활이 복잡하게 느껴진다. 인터넷, TV 같은 경우는 이사할 때마다 이전 설치비용을 또 주어야 한다.

다시는 약정의 굴레에 들어가지 않겠다고 다짐했었는데 인터넷 1년 약정에 묶여버리다니. 게다가 한 달 뒤에 5400원짜리 유료 서비스가 제대로 해지되었는지 확인해야 하고, 1년간 쓰지 않을 셋톱박스를 잃어버리지 않도록 보관해야 하며, 혹여라도 나중에 이사 나갈 때 해지 신청을 미리 하거나 이전 신청 등을 해야 한다.

관리사무소를 통해 신청했더라면 기기를 돌려주고 "해지할게요!"라는 한마디만 하면 되는 것을, 700원 아끼려던 마음에 상황이 너무 복잡해졌다. 친절하고 상냥했던 기사님이 가고 남편에게 말했다.

"뭐지? 왜 이렇게 뭔가 되게 크게 속은 것 같은 기분이 들지?"

"그러게. 이번에 하나 또 크게 배웠다고 생각하자."

"응. 우리 인생에 더 이상의 약정은 없는 걸로!"

인터넷 사건을 겪은 지 1년이 지났다. 여전히 우리 부부는 당시 가입했던 인터넷 외에는 아무런 약정도, 할부도 없이 살아가고 있다.

어떤 물건이나 서비스가 필요하다면 꼼꼼하게 살펴보고 할부가 아닌 현금으로 구입한다. 렌탈 정수기 대신 셀프로 교체 가능한 필터형 정수기를 쓰고, 안마의자 대신 폼롤러와 마사지볼을 쓰며, 휴대전화는 자급제폰을 구입하여 약정 없는 알뜰폰 요금제를 쓴다. 불가피한 전세 대출을 제외한 그 어떤 빚도 지지 않고 살아가는 삶은, 이루 말할 수 없을 만큼 자유롭다.

어느 것에도 얽매이지 않는 자유는 그로 인해 포기해야 할 푼돈을 절약하는 것보다 훨씬 가치 있다.

도심 속 자급자족의 기쁨과 슬픔

작고 적게 살다 보니 내 힘으로 삶을 꾸려나가는 데 자신감이 붙었다. 작은 집도 충분히 살 만하고, 적은 생활비로도 생활의 질이 결코 떨어지지 않았다. 작은 집에서 적게 쓰는 삶이 언제까지나 만족스럽다면, 굳이 시간을 들여 더 많은 돈을 벌기 위해 노력하지 않아도 된다는 결론에 이르렀다.

하지만 집과 일상을 단순화하고 먹거리와 살림을 간소화해도 나는 여전히 생활의 많은 부분을 외주화하고 있었다. 적은 금액이라도 어쨌든 돈을 벌지 않으면 나의 생존은 무너질 수밖에 없는 구조였다. 공부도 열심히, 출근도 성실히, 살림도 착실히 해왔는데 막상 삶에서 정말로 필요한 생활상의 자립 기술은 하나도 없었다. 만약 내가 돈 없이도 생존을 이어나갈 수 있다면 더 자유롭고 가볍게 살 수 있겠다는 생각이 들었다. 그렇게 나의 부족한 자급자족 기술을 연마하는 과정이 시작됐다.

제일 먼저 텃밭 가꾸기를 시작했다. 올해 봄, 귀찮은 일이 많아질 것 같아 하기 싫다는 남편의 손을 질질 끌고 근처 주말농장을 계약했다. 생활에 필수적인 식재료 조달을 외부에 의존하지 않을 수만 있다면 그걸 사기 위한 돈이 필요 없고, 그만큼 우리는 더 적은 돈으로도 자유로운 생활이 가능해질 것 같았다.

처음 해보는 일이다 보니 결코 녹록지 않았지만 나보다 더 열정적인 남편 덕분에 봄부터 초겨울까지, 아낌없이 잘 자란 텃밭 작물을 넘치도록 수확하는 풍요로움을 맛볼 수 있었다.

1년 내내 상추를 비롯한 쌈 채소를 원 없이 먹었고, 여름에는 토마토를 비롯해 오이, 가지, 고추, 깻잎, 호박 등을 수확해 이웃들과 나누어 먹는 기쁨도 누렸다. 가을에는 배추, 알타리무를 길러서 결혼하고 처음으로 김치를 담가보았고, 찬바람 맞은 달고 맛있는 시금치와 달달한 당근, 튼튼하고 시원한 대파 등도 모두 키워 먹었다. 유기농으로 건강하게 키운 녀석들인 만큼 파뿌리 하나도 알뜰살뜰 챙겨 육수로 쓰면서 한 해 동안 채소 구입에는 돈을 거의 쓰지 않았다.

'오늘의 끼니를 나 스스로의 힘으로 해결했다!' 자급자족을 향한 성취감으로 1년을 힘들지만 알차고 재미있게 보냈다. 마트에서 쉽게 사 먹을 수 있는 채소들을 직접 시간 들여 키워 먹는 게 생각보다 쉽지 않다는 것을 배웠다. 쉽지 않기에 더 값지다는 것 또한 배웠다. 마트가 없어도, 돈이 없어도 내 먹거리를 내 힘으로 해결할 수 있을 거라는 자신감은 무엇과도 바꿀 수 없을 만큼 귀중했다.

텃밭 가꾸기에서 시작되었지만 그사이에 우리 부부의 삶에 많은 변화가 찾아왔다. 우선 작은 벌레 하나도 함부로 죽이지 않게 됐다. '벌레도 생명이다. 함부로 내 마음대로 죽여서는 안 된다. 불가피한 상황이 아니라면, 죽이지 않는다. 풀어준다.' 그런 마음이 깃들었다. 일부러 그런 게 아니라 아주 자연스러운 변화였다.

텃밭 작물과 함께 우리 집에 따라온 무당벌레와 거미는 창문 밖으로 보내주었고, 이따금 집에 들어온 작은 날파리는 입으로 불어 날려 보냈다. 텃밭에서 호미질을 할 때도 혹여나 땅속에 있을 지렁이가 다칠까봐 살살 팠다. 이런 변화는 내게 굉장히 신선했다. 자연과의 관계가 조금 더 가까워진 것 같았다.

텃밭에서 직접 작물을 길러 먹어보고 나서야 환경을 지키기 위해 더 노력하게 됐다. 책과 영상으로 보는 것의 천 배 만 배 내가 환경을 지켜야 하는 이유를 텃밭에서 느낄 수 있었다. 쓰레기가 많이 나오는 현재의 사회 현상은 일상의 많은 부분을 외주화하고 대부분의 것들을 돈으로 사게 되면서 나타난 거라 확신하게 됐다. 앞으로 더 단단하게 자립력을 길러야겠다는 결심도 하게 됐다.

셀프 헤어컷에도 성공했다. 망치면 미용실에 가면 된다는 가벼운 마음으로 도전했는데 처음치고는 꽤 괜찮았다. 직접 머리를 자르는 일은 생각보다 쉬웠다. 너무 간단하고 순조로워서 깜짝 놀랄 정도. 생활비 2만 원을 아꼈다는 것도, 앞으로 헤어숍에 영영 발걸음을 하지 않아도 되는 것도 너무 홀가분했다.

그다음엔 작은 가정용 오븐을 샀다. 직접 빵을 만들어 먹는 기술은 아침 식사로 주로 빵을 먹는 우리 부부에게 안성맞춤인 자급 기술이었다. 몇천 원이면 쉽게 구입하는 빵을 직접 집에서 만들어 먹는다는 것은 물론 굉장히 수고스러운 일이지만, 그만큼 질 좋은 재료를 선택해 건강하게 먹을 수 있기 때문에 무척 소중하고 가치 있는 일이기도 했다.

이제는 아침마다 먹는 치아바타, 스콘 등뿐만이 아니라 쿠키, 케이크 등의 디저트류도 가뿐히 구울 줄 알게 되면서 손님을 접대할 때마다 자랑스럽게 직접 만든 디저트를 내놓게 되었다. 특히 직접 텃밭에서 키운 당근으로 만든 핸드메이드 당근 케이크는 늘 인기 만점이었다. 조금 서투르고 투박해도 직접 구운 케이크의

맛과 정성을 인정받는 것 같아 늘 뿌듯하다. 커튼을 구입하는 대신에 안 쓰는 이불 커버를 바느질해서 커튼으로 만들어 쓰고, 드라이크리닝을 맡기지 않아도 되는 옷들은 집에서 직접 특별 세제를 이용해 세탁한다.

외부의 힘과 기계의 힘, 자본의 힘을 빌리면 굳이 애쓰고 힘들이지 않아도 가능한 것들이 많은 현대 사회에서 모든 것을 자급자족하겠다는 것은 아니지만, 남의 손을 빌리지 않고 어느 것에도 의존하지 않으며 내 힘으로 할 수 있는 생존 기술이 하나둘 늘어가는 건 굉장히 뿌듯하다. 전보다 조금씩 더 자유로워지고 있다.

먹거리를 직접 길러내고, 내가 기르지 못한 것들은 동네 다른 이웃의 농작물과 교환한다. 옷을 지어 입고, 차를 직접 만들어 마시고, 전기를 태양열과 교환해 쓰고……. 그렇게 대부분의 것들을 집에서 내 힘으로 만들어 쓰고 입고 마실 수만 있다면 나는 최소한의 돈으로도 충분히 행복하게 살아갈 수 있을 것이다. 더 이상 마트에 갈 필요도 없고 일회용 봉지나 플라스틱통에 담긴 무언가를 살 필요도 없어지는 것이다.

지금 당장은 실현 불가능할지라도 언젠가 내 앞에 그려질 핸드메이드 라이프를 즐기기 위해서 지금부터 조금씩 연습하고 노력하며 살아갈 것이다.

말 그대로
잡동사니

"이삿짐이 아직 덜 들어왔나 봐요?"

이사한 지 1년이 지난 지금도 가스 검침원이나 가전 AS기사님이 우리 집을 방문할 때면 매번 묻는 질문이다.

"이사 온 지 1년쯤 되었어요."

나의 대답에 깜짝 놀란 표정으로 믿을 수 없다는 반응을 보이는 모습이 재미있다. 블로그에 집 사진을 올릴 때마다 어떻게 하면 그렇게 깔끔하게 살 수 있느냐는 질문을 받고, 집에 놀러 오는 지인들은 집이 모델 하우스 같다며 놀란다. 그리고 어떻게 하면 이렇게 관리할 수 있는 거냐는 질문이 따라온다. 그런 질문을 받을 때마다 나는 이런 생각을 했다.

'집 안을 깨끗하게 관리하며 살고 싶다는 마음은 다들 비슷하구나. 다만 어떻게 해야 할지를 모를 뿐이지.'

나는 뭐부터 시작해야 하냐는 질문에 제일 먼저 "잡동사니를 버리세요"라고 말한다.

집집마다 그런 공간이 있을 것이다. 어떻게 분류해야 할지 모르겠고 아예 분류 자체가 되지 않을뿐더러, 얼마나 있는지도 모르겠고, 언제부터 우리 집에 있었는지도 모르겠는 것들, 심지어 이게 어디에 쓰는 물건인지 고개를 갸우뚱하게 하는 것들! 출신도 배경도 과거도 아무것도 모르는 채로 기억 속에서 지워버리고 살았던 무지의 물건들을 모아놓는 공간 말이다. 우리는 그런 물건들을 '잡동사니'라고 부른다.

우리 집이 깨끗해 보이는 이유는 집에 그런 잡동사니가 없기 때문이다. 우리 집엔 현재 쓰이는 물건을 제외하고는 아무것도 없다. 우리가 물건을 소유하는 이유는 사용하기 위해서다. 더는 사용하지 않는 물건들은 생활 속에서 이름을 부여받지 못한 채 잡동사니가 되어버린다. 집 안을 깔끔하게 유지하고 싶다면 이렇게 이름 없이 자리만 축내는 잡동사니로부터 내 집을 지켜내는 데에 집중하면 된다.

살고 있는 공간을 유심히 지켜보면 우리가 생각보다 많은 잡동사니에 둘러싸여 있다는 사실을 눈치채게 될 것이다. '이게 왜 여기에 있지?', '왜 이런 게 여기 있는 줄도 몰랐지?'와 같은 생각들을 하며 놀란다. 당연하다. 잡동사니는 공간을 차지하고는 있지만 쓰임도 이름도 없기에 우리에게 존재감이 없기 때문이다.

많은 사람들이 호텔이나 리조트에 놀러 가면 마음이 편안해진다고 한다. 나도 그 느낌이 좋아서 호텔이나 리조트에 가는 게 좋았다. 그리고 여행에서 돌아오면 다시 현실 속의 집에서 갑갑함을 느꼈다. 단순히 호텔에 놀러 가는 것이 좋았던 게 아니라 잡동사니와 잔짐이 없는 공간이 좋았던 것이다.

잡동사니를 다 비우고 꼭 필요한 물건들만 지닌 채 정갈하게 정돈된 집에서 살다 보면 집 안에 물건을 들이는 데에 엄격해진다. 특히 잡동사니라는 분류에 들어갈 것이 뻔한 물건들에 대해서는 누구보다 가차 없이 냉정하고 이성적으로 쳐내게 된다. 샘플, 사은품, 추가 증정품, 1+1상품 등 공짜 물건을 거절하게 된다. 택배와 우편물은 그 자리에서 뜯어, 버릴 것과 취할 것을 나눠 정리한다. 서랍이나 찬장, 옷장이 전과 다르게 꽉 찼다는 느낌이 들면 바로 불필요한 것들을 꺼내어 비우고 나누고 정리하게 된다.

잡동사니의 생명력은 굉장히 질겨서 그 몸집이 하루가 다르게 부풀려진다. 공간의 주인이 감히 치울 엄두를 내지 못하게 만드는 것이 그들의 유일한 목표이기에 한번 집에 잡동사니를 들이고 나면 없애기가 쉽지 않다. 그래서 나는 처음부터 잡동사니가 될 것 같은 물건을 집 안에 들이지 않는다. 잡동사니라는 이름 외에는 마땅히 붙일 말이 없는 물건들은 아예 가질 생각을 안 한다. 언제나 그 즉시 바로 정리하여, 잡동사니를 위한 공간이 생길 여지를 주지 않는다.

잡동사니 없는 삶에 익숙해지면서 사람들에게 선물하는 방식도 변했다. 좋은 마음으로 누군가에게 선물한 것도 그에게 쓸모가 없다면 그저 잡동사니를 하나 더 채우는 일에 불과할 수도 있다는 것을 알게 되었다. 재미로, 필요할까봐, 명목상, 체면치레로 선물하지 않는다. 내게 잡동사니라면 다른 이들에게도 충분히 그럴 가능성이 있다. 처분하고 싶어지는 순간에 선물받은 물건이라는 이유로 비우는 것을 난감해하거나 어려워할 수도 있다.

그래서 이제는 사라져버리는 것들을 선물한다. 무용하지만 아름다운 꽃, 영화 티켓, 커피 쿠폰, 내 돈 주고 사먹기엔 아깝지만 누군가 사준다면 기꺼이 기쁘게 먹을 수 있는 고급 디저트나 케이크 같은 것들. 이런 건 먹으면 사라지고, 경험하면 사라지고, 시간이 지나면 시들어버린다. 그래서 처분에 에너지를 쓰거나 시간을 들이지 않아도 된다.

이번 가을, 추석 선물을 드리는 대신 시부모님을 모시고 함께 여행을 했다. 1박 2일간 여수로 떠나 가을의 절정을 흠뻑 맛보았다. 물건 대신 경험을 소비하는 것이 기억에 많이 남고 더 값진 느낌이 드는 것처럼 물건 대신 경험을 선물하고 나눌 때 그 기쁨이 배로 커지는 것을 느꼈다. 추석 선물은 내년 추석이 되면 무엇을 주고받았는지 잊어버리기 쉽지만 1박 2일간 함께 떠났던 여수 여행은 평생 절대 잊히지 않을 것이다.

10년 만에 만난 책꽂이

"이 책꽂이 필요 없어서 버릴까 하는데, 혹시 쓸래?"

동생이 보낸 문자와 함께 전송된 사진에는 텅 빈 철제 책꽂이가 있었다. 오랜만에 만난 책꽂이가 반가웠다. 내가 첫 월급으로 구입했던 것인데 결혼하며 친정에 두고 왔고 그걸 동생이 가져다 쓰고 있었다. 마침 책꽂이가 하나 정도 있었으면 좋겠다 싶던 참에 동생의 제안이 반가워서 흔쾌히 내가 다시 쓰겠노라 말했다.

그렇게 10년 만에 책꽂이가 다시 내 품으로 돌아왔다. 감회가 새로웠다. 그 당시만 해도 중고시장에 팔까 하다가 귀찮아서 일단 친정에 내버려두었던 것인데, 지금 생각해보니 그때 안 버리길 잘했다. 버려질 뻔한 책꽂이를 동생이 가져가 몇 년간 요긴하게 썼고, 동생에게 더는 필요 없어서 처분해야 하는 순간이 왔을 때 다시 내게 돌아와 책꽂이의 쓸모가 한 번 더 연장되었다. 묵은 먼지들을 닦아내고 나사를 조이고 나니 내가 변심하지만 않는다면 앞으로 10년은 더 쓸 수 있을 것 같았다. 여전히 아주 멀쩡하고 튼튼했다.

10년 전에 구입했던 물건과 어느새 가족이 되어 오래오래 함께 늙어가고 있다는 느낌에 뿌듯했다. 필요한 사람들에게 손에서 손으로 계속 전달되며 함께 살고 또 함께 늙어가는 느낌. 한때는 저렴한 가격에 비해 가성비가 좋아서 국민 아이템으로 인기몰이를 했던 책꽂이였는데, 지금은 우리 가족의 손때 묻은 세월과 추억 덕분에 그 어떤 비싼 책꽂이보다 귀하고 소중해졌다.

책꽂이를 시작으로 동생과의 본격적인 물물교환이 시작됐다. 내게 더는 필요 없어진 물건들을 처리하기 위해 당근마켓이나 온라인 중고시장을 이용한다면 약간의 돈을 벌 수는 있으나 그만큼의 시간과 에너지를 소모해야 하는데, 동생과의 물물교환은 아주 심플해서 언제나 서로 만족스럽다. 게다가 내가 쓰긴 아쉽지만 남에게 헐값에 파는 건 어쩐지 아까워서 망설여지는 물건도 동생이라면 기꺼이 무료 배달 서비스까지 해줄 수 있으니, 이보다 더 좋을 순 없다.

그동안 우리 자매가 물물교환한 리스트를 살펴보면, 우선 우리 집 베개와 사이즈가 안 맞던 베개 커버가 동생 집에서 반려견 전용 드라이기 커버가 되었고, 동생 집 창고 구석에 있던 리빙박스가 우리 집에서 옷 보관 상자로 요긴하게 쓰이고 있다. 사이즈가 작아서 동생이 잘 안 신던 신발들이 내게는 맞춤 신발처럼 꼭 맞아서 잘 신고 있고, 이따금 내게 들어오는 화장품 선물은 화장을 즐기는 동생이 잘 쓰고 있다. 많은 양의 고구마, 감자, 귤 따위를 나누기도 하면서 여러모로 서로에게 윈윈인 물물교환 거래가 오래도록 활발하게 지속되고 있다.

얼마 전에 동생이 보낸, 사계절 옷이 가득 담긴 커다란 택배 박스가 집으로 배송되었다. 동생이 이번에 옷장 정리를 하면서 사이즈가 안 맞아 더는 못 입게 된 아까운 옷들을 모두 내게 보내준 것이다. 어디서 샀는지 궁금할 만큼 늘 예쁜 동생의 옷들은 아무리 탐나도 사이즈가 커서 그림의 떡이었다. 그런데 요즘 내가 부쩍 살이 오르면서 동생의 옷을 입어도 내 옷처럼 자연스러워졌다. 이걸 좋아해야 하는지 슬퍼해야 하는지는 잘 모르겠지만, 어쨌든 지금부터 사계절 내내 입을 수 있는 예쁘고 질 좋은 옷들을 받게 되어 기분이 좋다. 동생에게는 이제 지겨운 헌옷이지만, 내게는 신선한 새 옷. 덕분에 올 겨울과 내년 봄까지, 옷을 구입하지 않고도 잘 넘어갈 것 같다.

최소한의 물건만 지니고 살다 보면 물물교환할 물건이 없다는 생각이 들지도 모르겠다. 그러나 오히려 그렇기 때문에 남에게 그냥 팔기에는 아쉬울 만큼 애정 깊은 물건들이 대부분이라서 헐값에 모르는 사람에게 주기보다는 내가 아끼는 동생에게 그냥 주는 편이 내 마음이 편하다. 동생도 비슷한 생각인지, 요즘 우리 자매의 물물교환 장터가 수시로 열리고 있다.

Part 4

가볍지만, 우아하게 : 태도

채식주의자 말고
채식지향자

산티아고 순례길에서 인상적인 카페를 만났다. 아주 작은 카페 건물과는 대조적으로 카페의 앞마당은 굉장히 컸다. 앞마당은 순례객들이 야외 테라스처럼 사용할 수도 있고, 다양한 동물들을 자유롭게 방목하며 키우는 곳이기도 했다.

나는 그곳에서 아주 '귀여운' 닭들을 만났다. 한 손에 커피를, 한 손에 빵을 들고 카페 문 밖을 나서는 내게 빵을 나눠달라며 내 뒤를 졸졸 쫓아왔다. 그날 나는 내 인생에서 처음으로 닭들과 뛰어놀았다. 여동생이 키우는 푸들 두 마리와 놀던 것과 별반 다르지 않은, 아주 친근하고도 다정한 교감이었다.

그 경험은 충격과 동시에 감동이었다. 그때까지 단 한번도 닭들이 인간과 똑같이 살아 있고 생각도 할 수 있는 하나의 생명이라는 것을 인지하지 못했던 나의 무지함에 대한 충격, 그리고 그동안 미처 알지 못해 보지 못했던 것들을 보고 느낄 수 있게 되었다는 마음에서 오는 뜨거운 감동이었다.

건강과 환경을 생각하는 단순한 식생활을 하다 보니 자연스럽게 채식 위주의 식단을 꾸려가고는 있었지만 그날 산티아고 순례길에서 귀여운 닭들과의 만남을 계기로 나는 완전한 채식주의자의 길로 들어섰다. 가볍게 채식 위주로 먹던 식습관에서, 완벽하고 철저하게 육식을 제한하는 채식주의자가 된 것이다. 처음에는 무척 만족스러웠다. 옳고 바른 일이라고 생각했기에 잘하고 싶었다.

그러다 보니 비채식인인 남편이나 지인들과의 만남에서 이따금씩 먹는 육류가 내 마음을 괴롭혔다. 우유가 들어간 커피는 나의 유일한 기호 식품이자 제일 좋아하는 음료였다. 그런데 그 커피를 마시는 순간에도 나는 죄책감을 느꼈다. 그렇다고 커피를 끊고 싶지는 않으니까, 커피를 마실 때마다 느끼는 죄책감이 곧 스트레스가 되었다. 급기야 먹어서는 안 되는 음식을 먹는다는 생각에 소화불량이 자주 찾아왔고, 먹는 일이 즐거운 것이 아닌 시험과 같은 불편하고 긴장되는 것이 되고 말았다.

옳다고 믿는 나의 신념을 지키기 위해서 나 스스로를 괴롭히는 것이 과연 옳은 일일까? 먹는 행위가 더는 내게 즐거움을 주지 못하게 되자 나는 비로소 '채식'이라는 것에 얽매여 괴로워하는 나를 바라볼 수 있었다.

생명을 해치지 않고 홀가분한 마음으로 살아가고 싶어서 시작한 채식은 되레 나를 해치고 있었다. 세상에 완벽한 신념, 무조건적인 정답, 내가 어떻게든 지켜내야 하는 것들은 없구나. 제일 중요한 것은 무리하지 않는 선에서 언제나 내 마음이 원하는 것에 귀 기울이고 유연한 태도로 삶을 살아가는 것이란 생각이 들었다.

그래서 '채식주의자'가 아니라 엉성한 '채식지향자'가 되기로 했다. 육류는 되도록 적게 먹는 것이 옳다는 마음은 변하지 않았다. 다만 '완벽하게 지켜내자'는 자세에서 '내가 할 수 있는 만큼만 해보자'라는 보다 열린 자세로 변했다.

사람들과 만날 때면 여전히 채식을 한다고 말한다. 대신 '채식 위주의 식습관을 유지하면서 고기를 먹어도 되지만 가급적 먹지 않으려 노력한다'는 말을 덧붙인다. 그냥 음식의 취향을 말하듯 그렇게 채식을 지향한다고 밝히고 서로가 조금씩 배려하여 적당한 식당에서 맛있는 식사를 한다.

이 변화는 나에게 의미가 크다. 이것은 내 인생을 앞으로 더 나답게 살겠다는 결심이었다. 타인을 사랑하고 언제나 배려하며 살고 싶지만, 나와 내 마음도 존중하고 살겠다는 다짐이었다. 확실히 이전보다 마음이 편안해졌다.

채식을 한다고 하면 으레 "힘들겠다"는 답이 돌아온다. 어디까지 먹고, 어디까지 안 먹는 거냐는 질문을 하기도 한다. 음식에 제한이 많으니 당연히 힘들 것이라 생각한다.

그런데 나는 오히려 채식을 하면서 먹는 것에서 엄청나게 자유로워졌다. 먹고 먹지 않는 것에 대한 경계도 불확실하다. 달걀도 먹고, 우유가 들어간 커피도 마시고, 멸치 육수로 만든 국도 먹고, 종종 라면도 먹는다. 더 이상 칼 같은 기준을 지키기 위해 내가 세운 신념과 가치들을 저울질하며 나를 괴롭히고 싶지 않아서다. 마음이 불편하면 먹지 않는다. 마음이 괜찮다고 하면 먹는다. 다만 먹을 때에는 감사하며 기쁜 마음을 갖는다. 육류를 먹는 날이 있어도 이제는 속이 편안하다.

삼시세끼를 모두 차려 먹어야 한다는 생각에서도 벗어났다. 현미밥에 김과 생채소만 있어도 배부르게 먹는다. 밥이 없으면 과일 한 그릇으로도 만족스러운 한 끼 식사를 한다. 고기를 잘 안 먹는 것뿐이지, 이 세상에 먹을 수 있는 것들은 의외로 많다. 특히 바나나는 위에 부담을 주지 않으면서 포만감도 느끼게 하고 심지어 세척 과정과 껍질을 깎는 수고도 없어, 나의 최애 식사 메뉴가 되었다.

밥과 국, 메인 요리와 밑반찬이 다 있어야만 제대로 된 한 끼의 식사라는 개념이 사라지자 시간, 돈, 에너지 모두를 절약해주는 단순한 식생활이 만들어졌다. 일반식은 하루에 한 끼 정도. 그 외에는 주로 자연 식물식(과일식), 구운 구황작물, 간단하게 만든 빵에 커피를 곁들여 먹는다. 모든 이에게 정답인 식단은 아니지만 내게는 무척 만족스럽다.

혹자는 건강 불균형을 염려하고 실제로 그런 전문가들의 의견도 있지만, 한 가지 확실한 것은 채식을 지향하면서 내 몸을 더 아끼게 되었다는 것이다. 채식을 지향하며 야식, 과식, 매운 것, 짠 것, 인스턴트 음식, 술 등을 자연스럽게 끊게 되었는데 이것만으로도 나는 이전보다 훨씬 건강해졌다. 현대 질병의 대부분은 고기를 먹지 않아서 생기는 게 아니라 모두 야식, 과식, 매운 것, 짠 것, 인스턴트 음식, 술 때문에 생기는 것들이니까.

여러 번 시도했지만 늘 제자리로 돌아가는 듯했던 나의 채식주의자 되기 도전과 비건 라이프. 그러나 돌이켜보면 제자리로 돌아간 것이 아니라 나는 조금씩 앞으로 나아가고 있었다.

넘치는 의욕에 열 걸음을 걸었다가 고개를 절레절레 저으며 되돌아갔을 땐 제자리인 줄만 알았는데 사실은 일곱 걸음을 되걸었던 것뿐이었다. 그러니 나는 제자리에서 세 걸음을 나아간 것이다. 다음 도전에 또, 그다음 도전에 또, 그렇게 매번 나는 채식주의를 향해 열 걸음을 걸었고, 다시 일곱 걸음을 되돌아갔다. 아무것도 남지 않은 줄 알았는데 나는 이미 몇 년 전의 '무지'했던 나와는 완전히 다른 사람이 되어 있었다.

아무리 오랜 시간이 흘러도 나는 완벽한 비건이 될 수는 없겠지만, 지금까지 그래왔듯, 비건을 지향하는 삶을 위해 열 걸음을 걷고 일곱 걸음을 되돌아와서 딱 세 걸음씩 앞으로 나아가는 사람이 될 것이다.

곱슬머리로 살아요

나는 곱슬머리다. 초등학생 때부터 매직 파마를 하지 않은 머리로 지내본 적이 없다. 곱슬머리가 콤플렉스였기 때문에 매년 1,2회씩 주기적으로 매직 파마를 해왔었고, 그게 이상하다고 생각해본 적도 없다.

대략 열 살부터라고 해도 거의 20년간 매직 파마를 한 것이다. 난 왜 곱슬머리가 조금이라도 자라면 무조건 다시 헤어숍에 가서 쫙쫙 펴야 한다고 생각했는지 모르겠다.

몇 년 전 결혼식을 앞두고 헤어숍에 갔을 때 내 머리를 만지던 숍 실장님이 말했다.

"이 '예쁜' 곱슬머리를 왜 가만히 안 두고 매직을 하시는 거예요? 신부님은 머리카락도 얇은 편이라 매직을 하면 손상도 심할 텐데. 축 처지기도 하고요."

누군가에게 '곱슬머리로도 충분히 예뻐'라는 말을 처음으로 들어본 순간이었다. 동시에 내가 갖고 있던 미의 기준인 '곱슬머리는 안 돼. 생머리가 예쁜 거야'라는 편견이 파괴되는 순간이기도 했다.

사실 잦은 시술 탓에 내 머리카락은 늘 상해 있었고 힘없이 처져 있었다. 마음 같아서는 언제나 매직 파마를 그만두고 싶었다. 독한 약품도 싫은데다 엉덩이가 아프도록 앉아 있어야 하는 헤어숍에서의 시간도 지루했다. 그럼에도 그만두지 못했던 것은 내가 나의 곱슬머리를 좋아해주지 못했기 때문이다. 남들에게 더 예뻐 보이기 위해서는 못생기고 지저분한 곱슬머리를 감추고, 늘 찰랑거리는 긴 생머리를 유지해야 한다고 생각했다. 나는 언제나 남들에게 예쁜 여자로 보이고 싶었다.

작은 찰나의 계기, 결혼식을 앞두고 만난 헤어숍 실장님의 말 한마디에 '어디 한번 곱슬머리로 살아볼까'라는 갑작스러운 용기가 생겼다. 더 이상 매직 파마를 하지 않기로 했고, 있는 그대로의 곱슬머리를 사랑해보기로 했다. 그렇게 헤어숍에 발길을 끊었다.

결심은 생각보다 쉬웠지만, 사실 곱슬머리로 살아가는 과정은 그리 쉽지 않았다. 곱슬머리인 사람들은 알겠지만, 매직 시술을 하고 한두 달만 지나도 본래 곱슬머리가 자라기 시작하면서 두피 쪽의 머리가 아주 많이 지저분해진다. 앞머리 쪽은 너무 촌스러워서 고데기가 없으면 밖에 나가기도 싫을 정도다.

처음에는 곱슬머리가 이상하고 어색하게 느껴졌다. 왠지 곱슬머리 때문에 내가 더 촌스럽고 못생겨 보이는 것 같아서 힘들었다. 그럼에도 끝까지 매직 파마만은 하지 않기로 고집 부렸던 것은 정말로, 온전히, 나 자신으로, 자연스러운 모습으로 살고 싶었기 때문이다. 다른 사람의 시선을 신경 쓰지 않고 내가 원하는 대로 살고 싶었다. 나는 정말로 더 이상은 1년에 두 번씩 미용실에 가서 꼬박 네다섯 시간을 엉덩이가 짓무르도록 앉아서 독한 약품을 써가며 머리를 펴고 싶지 않았으니까.

곱슬머리로 지낸 지 2년쯤 지나자 매직 파마 시술로 부자연스럽게 펴져 있던 머리끝을 모두 잘라낼 수 있었다. 그리고 온전히 나의 곱슬머리만이 남았다. 긴 인내 끝에 만난 천연 곱슬머리는 놀라울 정도로 예뻤다. 그날 이후 나는 헤어숍 원장님들이 "고객님, 이 머리는 고데기 머리예요"라고 자주 말하는 그런 자연스럽게 구불거리는 예쁜 머리칼을 갖게 되었다.

더 이상 독한 시술을 받지 않으니 늘 건강한 머릿결은 덤이었다. 날씨와 습도에 따라 머리카락의 컬과 결이 달라져서 내 마음대로 할 수 없다는 게 단점이라면 단점이겠지만. 거울 속 곱슬머리를 지닌 내 모습이 훨씬 더 나다워서 무척 만족스럽다. 이마 쪽의 헤어라인은 여전히 지렁이처럼 꼬불거리는데 이제 누군가의 시선이 내 머리에 오래 머물면 콤플렉스를 들켰다는 듯이 당황하지 않고, "응, 나 곱슬머리야. 요즘 매직 안 하고 길러보고 있어"라고 대답할 수 있는 용기도 생겼다.

곱슬머리로 지낸 지 5년, 아무리 생각해보아도 곱슬머리로 살겠다고 결정하길 참 잘했다. 오랜 시간 앉아 있어야 하는 헤어숍에 더는 갈 필요가 없는 것도 좋지만, 아무래도 제일 좋은 건 가장 자연스럽고, 또 가장 나다운 나의 모습을 내가 진심으로 좋아하게 됐다는 것이다.

이전에는 나의 결점으로 보였던 나의 콤플렉스들이 더 이상 나를 괴롭게 하지 않는다. 얼굴 가득한 주근깨를 가리기 위해 파운데이션 바르는 것을 멈췄고, 작은 가슴을 숨기기 위해 두꺼운 패드를 넣은 뽕브라를 착용하는 것도 그만두었다. 비 오는 날이 제일 싫었던 곱슬머리를 온전히 사랑하게 되었으며, 스물아홉 살부터 나오기 시작한 새치들도 더 이상 뽑지 않는다. 있는 그대로 내 존재 자체를 사랑하는 마음. 이런 마음을 갖기까지 꽤 오랜 시간이 걸렸다.

사람들은 모두 각자 본연의 예쁜 머리카락을 가지고, 각자 예쁜 모습으로 살아가고 있다. 내가 단점이라고 생각하며 꽁꽁 숨기고 싶었던 부분이 사실은 나의 가장 사랑스럽고 귀엽고 매력적인 부분일 때가 많다. 그렇지만 내가 사랑해주지 않는 모습은 타인도 사랑해줄 수 없다.

내가 먼저 나를 사랑하는 법, 나는 곱슬머리를 기르며 배웠다. 이제는 남들 눈에 내가 어떻게 보이는지보다 내가 나를 어떻게 생각하는지가 더 중요해졌다. 그리고 이왕이면 내가 나를 가장 많이 사랑하고 아끼며 살아가고 싶다.

비싸지만 예쁜 홈웨어

업무량이 버거워서 더는 버틸 수 없을 만큼 힘이 들던 시기에 나는 샤워할 때 형광등 대신에 작은 초를 켰다. 퇴근하고 돌아오면 몸도 마음도 너무 지쳐서 손가락 하나 꼼짝하고 싶지 않았다. 씻지도 않고 형광등을 켠 채로 잠드는 날들이 잦아지면서 무언가 변화를 주어야겠다는 생각이 들었다.

초를 켠 방에서 밤을 보내는 건 내가 좋아하는 휴식법이었는데, 당시에는 그럴 시간조차 없을 만큼 바빴다. 그렇다면 씻으면서 초를 켜보면 어떨까. 은은한 조명 덕분에 씻는 시간이 휴식처럼 좋아지지 않을까? 그렇게 작은 초를 켜기 시작했다.

처음엔 어두워서 씻을 수나 있나 싶었지만 그새 그 작은 불빛에 익숙해졌다. 초를 켜고 샤워를 하면 아무래도 더 주의를 기울이게 되고, 의도적으로 모든 동작을 천천히 하게 된다. 정말 바쁘게 일한 날에는 초를 켜고 느리게 씻는 행위 자체가 힐링이 되어서 참 좋았다. 일을 하는 나에게서 빠져나와 일상을 보내는 나로 돌아가는 시간. 초를 켜고 씻는 시간 자체가 그렇게 하나의 의식이 되었다.

정성스럽게 씻기 시작하면서 홈웨어를 대충 입는 버릇이 사라졌다. 나를 귀하게 대접해주고 싶은 마음이었다. 처음으로 내 돈을 주고 홈웨어를 구입했다. 작고 빨간 하트 모양이 그려진 새하얗고 귀여운 잠옷이었다. 깨끗하게 세탁해서 햇볕에 바짝 마른 톡톡한 면의 잠옷으로 갈아입을 때마다 기분이 좋아졌다. 작은 행복감이 느껴졌다. 내가 나를 대접해주는 기분이었다.

그 당시에 나는 외출복으로 입던 옷들이 목이 늘어나고 보풀이 생기고 무릎이 나오면서 낡고 헤지면 그것을 버리지 않고 '막 입는 옷' 서랍에 넣고 홈웨어로 입었다. 색도 짝도 안 맞고, 유치한 그림이 그려져 있기도 하고, 안 지워지는 얼룩도 잔뜩 있는 그런 옷들을 집에서 편하게 입었다. 확실히 편했다. 막 입어도 되니까. 세탁도 그냥 막 하고, 막 툭툭 걸어 말리다가, 다시 막 입고, 막 생활했다.

그런데 문득 그런 생각이 들었다. 나는 언제나 똑같은 나인데, 왜 남들에게 보일 때만 내 마음에 드는 예쁜 옷을 입는 걸까? 혼자 있을 때는 예쁜 옷을 입으면 안 되는 걸까?

처음으로 내 돈을 주고 홈웨어를 구입하던 날, 나는 집에서 막 입던 옷들을 쓰레기봉투에 다 털어 넣고 몽땅 버렸다. 수년간 쌓아온 막 입는 옷들이 얼마나 많은지, 서랍 구석에 처박혀서 처음 보는 것들도 있었다. 후련했다. 드디어 집에만 오면 스스로를 하녀로 막 대하던 시절을 미련 없이 보낼 수 있었다.

내친김에 언제 샀는지 기억도 나지 않는 헤진 속옷, 마음에 썩 들진 않지만 세일하길래 그냥 샀던 속옷, 사이즈가 안 맞아도 대충 입던 속옷들도 모두 다 버렸다.

비워낸 자리엔 내 눈에 제일 예쁘고 고운 색상으로, 내가 원하는 소재와 디자인으로 꼼꼼하게 고른 것들로 채웠다. 내 마음에 들고 입을 때마다 기분이 좋으니, 오래오래 입고 싶어서 샤워할 때마다 속옷을 손세탁하는 습관이 생겼다. 항상 조물조물 손세탁해서 햇볕에 바짝 말린 다음 조심스럽게 입으니 여전히 새것 같다.

언제나 새것 같은 속옷을 갖춰 입는 즐거움 그리고 내 마음에 드는 예쁜 잠옷을 입고 생활하는 기분은 내가 생각했던 것보다 훨씬 좋았다. 남들은 모르겠지만, 내가 오롯이 혼자서 느낄 수 있는 은밀하고도 사랑스러운 시간이 생긴 것이다. 내가 가장 우아해 보이는 시간. 예쁜 옷은 특별한 날에만 입는 거라고 생각했는데 매일 입으니 매일이 특별한 날이 되었다. 일상이 즐거워졌고 생활 자세도 바뀌었다. 구부정하고 심드렁한 모습보다 척추를 세우고 바르게 생활하는 모습이 더 우아해 보였으니까. 그렇게 일상 속의 자신감도 늘었다. 예쁜 잠옷은 내가 나를 귀하게 대접하는 방법이 되었다.

작은 변화였지만 그 경험의 틈으로 언제 어디에서든 스스로를 귀하게 대접하고 싶은 마음과 물건을 귀하게 사용하는 습관이 은은하게 스며들었다. 이제는 뭐든 대충하고 싶지 않아졌다. 우아한 삶은 값비싼 물건이나 여유로운 시간이 만들어주는 게 아니라 나의 자세와 마음에서 나오는 것임을 깨달았기 때문이다.

마음에 100퍼센트 들지 않으면 사지 않는다. 그렇게 신중하게 들인 물건은 함부로 버리지 않고 소중히 잘 관리해서 오래도록 사용한다. 바닥엔 아무것도 놓지 않고 자주 먼지를 쓸고 닦아 깨끗한 환경을 유지한다. 흰 벽에 새하얗게 들어오는 햇살을 보며 오늘 하루는 무엇을 할까 천천히 생각한다. 이보다 더 우아할 수 없는 일상이다.

지금이 아니면 할 수 없는 것

1년간 떠난 세계 여행의 중반부를 지나고 있을 때였다. 베트남 공항에서 푸켓으로 가는 항공편을 기다리고 있던 순간, 나는 불현듯 그래야겠다는 결심이 섰다. 그래서 천천히 화장실로 들어가 브래지어를 벗어 쓰레기통에 버렸다. 그동안 몇 번이나 그렇게 살고 싶다고 생각했지만 행동으로 옮기지 못했던 노브라로 사는 라이프가 드디어 시작된 것이다.

푸켓으로 떠나기 며칠 전부터 이상하게 명치 쪽이 아팠다. 체한 것도 아니고 위염도 아닌 것 같은데 계속 불편했다. 그리고 베트남 공항의 벤치에 앉아 있을 때, 음식을 먹고 나면 소화가 안 되고 아픈 것이 어쩌면 꽉 끼는 브래지어의 와이어 때문이 아닐까라는 짐작이 들었다. 이참에 도전하면 되겠다고 생각했다. 그렇게 노브라로 사는 자유로운 세상을 만났다.

아마 대부분의 여자들이 그렇겠지만, 브래지어를 매일 착용해야 하는 것이 나의 숙명이라 여겼다. 얘도 입고 걔도 입으니까 나도 당연히 늘 입어야 되는 거라 생각했다.

내가 브래지어를 벗을 수 있는 순간은 오직 타인의 눈이 없는 집에서만 가능했다. 갑옷처럼 갑갑하게 느껴지는 브래지어를 하루 종일 착용하다가 집에 돌아와 훌러덩 벗어던질 때는 어찌나 홀가분한지. 세상에 존재하는 자유가 모두 다 내 것인 양 행복했다.

이 자유를 나는 가끔 말고 종일 만끽하고 싶었다. 한국에 살 때는 다른 사람들의 시선이 겁나서 그러지 못하다가 세계 여행을 떠나는 김에 용기 한번 내보자 싶었다. 꽉 끼는 브래지어 때문에 소화도 안 되고 답답했다는 것을 깨달은 순간이 노브라 라이프 시작의 아주 좋은 방아쇠가 되어주었다.

하루 종일 노브라로 지내는 생활은 생각했던 것보다 훨씬 더 자유롭고 좋았다. 가슴선이 예뻐 보여야 하고 작은 크기의 가슴을 숨겨야 한다는 강박에, 뽕을 가득 넣고 와이어로 바짝 당기는 브래지어가 내 몸에 좋을 리 없었다. 노브라로 생활하니, 이따금 소화가 잘 안 되던 것, 가슴이 답답하던 느낌, 여름에 땀이 차서 땀띠가 나는 일까지도 모두 사라졌다.

타인의 시선에서 벗어나겠다는 용기를 한번 내고 나니, 두 번째는 비교적 쉬웠다. 생각보다 남들은 내가 뭘 어떻게 입고 다니는지 관심이 없었고, 시선을 끈다 한들 그것은 아주 잠시뿐이었다. 외국에 나와 지내는 시간이 길어질수록 평소에 즐겨 입던 스타일의 옷이 아닐지라도 망설임 없이 용기 내어 입을 수 있는 내가 되었다.

런던에 머물 적에는 크롭티에 핫팬츠를 구입해 입어보기도 하고, 한번도 입어보지 못했던 매우 타이트하고 라인이 훤히 드러나는 스타일의 원피스를 입기도 했다. 아무도 내게 뭐라고 하지 않는데도 스스로 만들어두고 넘지 못했던 선. 나는 내가 그어둔 그 선에서 완전히 벗어나보았다. 지금이 아니면 입을 수 없을 것 같은 옷들도 입어보고, 한 번쯤 입어보고 싶은 스타일의 옷도 도전해보면서 조금 더 내 마음대로 살아도 된다는 자신감을 차곡차곡 채워나갔다.

내 인생이 유한하듯, 나의 젊음 또한 유한하기에, 지금이 아니면 할 수 없는 것들이 분명 있다는 것을 이제는 안다. 지금부터라도 인생에 한 번뿐인 나의 육체적 젊음 또한 아름답게, 나답게,

유쾌하게 즐기고 싶다. 타인의 시선을 신경 쓰던 마음에서 벗어나 신나게 살아보려고 한다. 40대에 들어서서 '왜 난 30대에 그렇게 살았을까', 또 후회하고 싶지 않다. 몸매 걱정하지 말고 비키니를 많이 입어봐야지. 크롭티에, 핫팬츠에 훌러덩거리는 옷들도 입어보고, 노메이크업에 노브라로 당당히 다니고! 여행을 통해 새로운 세상 속에서 낯선 생각과 시각을 갖게 된 것이 꽤 즐겁다. 한국에 돌아가서도 이 마음을 절대 잊지 않기로 다짐했다. 나답게 사는 것 그리고 나 하고 싶은 대로 사는 것.

한국에서는 완전한 노브라로 살기가 조금 힘들어서 겨울을 제외하고는 얇고 부드러운 천으로 이루어진 브라렛을 주로 이용한다. 내 몸의 불편함을 감수하고 예쁜 가슴을 가진 여성으로 나를 포장하고 싶었던 마음은 사라지고, 그저 브래지어 착용 유무에 대해 내가 스스로 선택할 수 있게 된 지금이 너무 좋다.

모든 인생을 이렇게만 살 수 있다면 얼마나 단순하고 편안해질까! 뭐든 자꾸 하다 보면 나아지던데, 나답게 사는 법도 자꾸 연습하다 보면 나아질 수 있지 않을까?

딱 그 정도의 메이크업

몇 년 전부터 파운데이션을 비롯한 비비크림, 팩트 등을 쓰지 않는다. 피부 화장은 하지 않고, 톤업 기능이 들어간 선크림만 바른다. 기초와 메이크업 제품들은 딱 하나씩만 소유하고 있다.

다양한 색상과 갖가지 기능의 제품들이 있어도 늘 손에 익숙하고 내 얼굴에 잘 어울리는 것만 바른다는 사실을 알게 된 이후부터 화장품 개수를 많이 줄였다.

그 시작은 매번 세일 기간만 되면 화장품 매장에서 사다 모으던 수십 개의 색조 화장품들을 비우는 것이었다. 그렇게 하나씩 내려놓기 시작하면서 최소한의 화장품으로 최소한의 화장만 하며 살고 있다.

낭비되는 것 하나 없이, 딱 하나씩만 가지고 있는 화장품을 밑바닥까지 싹싹 긁어 모아 다 쓰고 새것으로 다시 구입할 때의 뿌듯함은 일상 속 작은 기쁨이다. 덕분에 화장대가 필요 없어졌고, 더불어 외출 준비가 간소해진 건 덤이다.

진하지 않은 메이크업에 익숙해지고 피부 화장을 완전히 하지 않게 되면서 늘 숨을 쉴 수 있는 피부가 편안하게 느껴졌다. 어느새 맨 얼굴의 자연스러움에 익숙해졌다.

깔끔하고 생기 있게 메이크업한 얼굴도 좋지만, 내가 제일 좋아하는 것은 로션 하나 바른 맨 얼굴의 내 모습이다. 맨얼굴의 내 모습이 어색하지 않고, 자연스럽게 느껴지는 것. 그것이 퍽 마음에 든다. 맨얼굴이라고 해서 부끄럽거나 숨겨야 된다는 생각은 들지 않고 그냥 '이것이 제 모습입니다' 하고 아무런 거리낌을 느끼지 않게 된다. 아마 이것이 화장을 줄인 이후 내가 얻은 가장 큰 수확일 것이다.

메이크업의 가짓수를 줄이면서 세안 제품과 기초 제품들도 많이 줄일 수 있었다. 진한 메이크업과 두꺼운 피부 화장을 지우기 위해 클렌징 오일부터 워터와 폼까지 수많은 클렌징 제품을 갖추었는데, 성분이 순한 제품들을 쓰면서 물과 비누 세안만으로도 충분했다.

요즘 나의 화장은 선크림을 바르고 피부 톤에 어울리는 옅은 색상의 섀도를 눈두덩에 올린 다음 아이라이너를 얇게 그리는 것이다. 가끔 마스카라를 하지만, 이제는 속눈썹 위에 마스카라를 한 겹 올리는 것만으로도 무겁게 느껴져서 특별한 외출이 아니면 하지 않는다. 그다음 눈썹을 그리고 립스틱을 바르면 데일리 메이크업 끝. 피부 건강을 챙기면서 톤을 균일하게 정리하고, 피부와 잘 어울리는 립스틱으로 생기만 살짝 얹어주는 것으로 간소한 메이크업이 완성된다.

기초 화장품은 로션 하나가 전부다. 과거에는 토너-에센스-로션-크림-아이크림 순으로 단계별 스킨케어를 부지런히 해주었는데, 사실 꼼꼼히 케어하던 당시와 로션 하나만 바르는 요즘의 피부결을 비교하면 별반 차이가 없다. 그렇게 수많은 제품들을 발라주어도 효과는 그다지 유의미하지 않다는 것을 알게 된 순간, 유명하고 비싼 기능성 화장품에 대한 미련을 모두 털어낼 수 있었다. 좋은 피부를 갖고 싶다면 비싼 기능성 화장품을 여러 겹 바르기보다 충분히 자고, 음식을 가려 먹고, 수분을 자주 섭취하는 게 중요하다는 것을 직접 경험하며 확신했다.

한때는 '겉모습은 중요한 게 아니고 나의 내면이 더 중요하니까 외모보다 내면을 채우는 사람이 될 거야'라는 마음으로 화장도 안 하고, 옷도 늘 편하게만 입고, 심지어 제모도 하지 않았던 적이 있었다. 그땐 나름의 홀가분함과 자유로움이 있었지만, 그건 또 그 나름의 불편한 마음을 가져다주었다.

너무 지나쳤던 쪽과 너무 덜어냈던 쪽. 그 사이를 왔다 갔다 하며 적절한 나만의 균형을 찾았고, 여전히 찾는 중이다. 인생도, 취향도, 내 마음도 늘 변하니까. 타인에게 예뻐 보이고 싶어서가 아니라 내가 하고 싶어서 하는 것. 그 누구도 아닌, 내 마음이 편한 쪽으로. 너무 부담스럽지도 않고 너무 위축되지도 않는 내가 가장 기분이 좋은 정도. 지금은 딱 그 정도로 메이크업을 하고 몸단장을 한다.

80퍼센트의 에너지만 쓰기

몇 년 전 한국의 1세대 철학자인 김형석 교수님의 삶과 철학을 담은 다큐멘터리를 본 적이 있다. 《백 년을 살아보니》라는 베스트셀러를 비롯해 지금도 현역으로 꾸준히 책 집필과 강연 등 왕성한 활동을 하고 계신 김형석 교수님은 100세가 훌쩍 넘었다.

여전히 현역에서 일할 수 있는 능력도 대단하시지만, 무엇보다 깨어 있는 어른으로 살아가시는 모습에서 배울 점이 참 많다고 생각했다. 가장 인상 깊었던 부분은 뭐든 무리하지 않는다는 교수님의 라이프스타일이었다.

교수님은 어릴 때부터 몸이 약하다는 당신의 약점을 잘 알아서 무리하지 않았다고 한다. 그 덕분에 체질이 건강한 사람보다 꾸준히 세심하게 자기관리를 할 수 있었고, 그것이 오래 건강하게 살 수 있는 비결이라고 했다.

"하루에 내가 쓸 수 있는 힘의 양이 100퍼센트라면 90퍼센트만 쓰고 10퍼센트는 남겨두자는 마인드로 여태껏 일을 해왔어요."

운동도, 일도, 식사도 천천히, 여유롭게. 강의 준비도 무조건 2주 전에 끝낸다고 한다. 촉박한 시간 때문에 받는 스트레스를 미연에 방지하는 것이다. 일주일에 두 번은 수영장에서 수영을 하고, 기본적으로 3층까지는 계단을 이용하고, 집 뒷산을 자주 산책하는 등 생활 속의 운동을 실천한다.

운동은 건강을 위해 '적당히' 하는 것이지, 운동이 목적이 되면 오히려 몸이 아프니 몸에 좋은 것일지라도 과하지 않은 게 중요하다고 했다. 또 장수와 식사의 연관 관계가 있다면 소식이 아니라 과식을 하지 않는 것이 중요하다고 말씀하셨다. 그 다큐를 보면서 무릎을 탁 쳤다. 김형석 교수님의 모든 라이프스타일이 절제와 맞닿아 있었기 때문이다.

일을 더 할 수 있을 것 같아도 멈추고, 밥을 더 먹고 싶어도 수저를 내려놓고, 운동을 더 많이 하고 싶어도 적당한 지점까지만 하는 것. 과로와 과식을 하지 않고 언제나 여지를 남겨두는 교수님의 삶은 무척이나 여유롭고 건강해 보였다.

생각해보면 나는 언제나 달렸다. 뭘 하더라도 '열정'이라는 꼬리표를 달고 죽을힘을 다해 끝까지 달렸다. 시험 기간이나 과제 시즌에는 며칠간 밤을 새는 게 당연했고, 아파도 참고 일했으며, 놀 때도 당장 내일 세상이 끝날 것처럼 놀았다. 나의 모든 것을 다 부수며 소진시키고 마침내 탈진해버리는 이런 상황은 내 인생에서 언제나 되돌이표처럼 반복되었으며, 그럴 때마다 나는 황홀하게 클라이맥스를 맞이하고 끝난 파티의 다음 날 아침처럼 숙취와 엉망이 된 몰골로 괴로워했다.

원하는 것이 있다면 나를 극한으로 내모는 게 당연하다고 여기곤 했다. 그러나 그것은 틀렸다. 내게 주어진 것들은 무한하지 않고 유한하다. 그렇기 때문에 늘 과하지 않게 절제하며 쓰는 것이 중요하다. 나의 에너지가 100이라면 평소에는 50~60퍼센트를 쓰고, 열심히 해야 할 때는 80퍼센트만 써야 한다. 그래야 진짜 위급한 순간에 한번씩 100퍼센트를 모조리 끌어다 써도 망가지지 않는다.

우리 몸과 마음의 에너지, 체력뿐만 아니라 기분과 돈, 열정도 그렇다. 나는 로봇이 아니기에 언제까지나 최고의 컨디션을 유지할 수는 없다. 사용하면 줄어들고, 방전이 되면 완전히 충전하기까지의 시간은 더딜 수밖에 없다. 매번 0과 100 사이를 오가는 피로한 생활을 할 바엔 50, 60지점에서 70, 80지점까지 채우고 30, 40지점까지 떨어지면 또다시 쉬어가며 채워야 한다. 그렇게 늘 최상의 상태 말고 적당한 상태를 꾸준히 가늘고 길게 유지하는 방향을 택하는 것이 좋다는 생각을 한다.

요즘 살림을 하면서 원고를 쓰고 책을 읽고 가끔 외부로 아르바이트까지 나가는 생활로 하루 일정이 꽉 찼다. 그렇게 매일 하루 에너지 100퍼센트를 꽉꽉 다 써버리는 바람에, 스스로 힘에 부친다는 생각을 자주 했다. 몇 가지 새로운 일정이 추가되면 평소 해왔던 몇 가지는 잠시 내려놓고 비울 줄도 알아야 하는데, 모든 것을 다 움켜쥐고 나의 생활을 완벽하게 해내려고 하는 마음 탓이었다.

이런 순간이 올 때마다 나는 80퍼센트의 에너지만 쓴다는 김형석 교수님의 말씀을 자주 떠올린다. 그리고 무리하지 말자고, 적당히 하자고 생각한다.

오늘은 모처럼 아르바이트도 없어, 조금 여유로운 주말이었다. 창문을 늘 열어두는 탓에 아침저녁으로 자주 쌓이는 바닥 먼지도 닦아내야 하고 이것저것 할 일이 있었지만, 오늘은 모두 멈추고 그냥 빈둥빈둥 누워서 지냈다. 과열된 내 몸과 머리를 식혀

주는 게 우선이었다.

너무 좋더라. 빈둥거리는 시간. 오전을 여유롭게 빈둥거리며 보내고 나니 오후에는 몸을 움직일 힘이 조금 생겼다. 원고도 좀 쓰고, 미뤄둔 살림도 하고, 그렇게 부지런한 오후를 보냈다. 앞으로도 이렇게 내 하루의 80퍼센트만 채우기로 했다. 80퍼센트의 생활을 충실히 보내고, 매일매일 덜 중요한 것은 과감하게 내버려둔 채로 내 몸과 마음을 푹 쉬어줄 수 있는 20퍼센트의 여지를 남겨두기로. 열심히 살면서도 이따금 게으를 수 있는 방법은 언제나 여지를 남겨두는 것이다.

무리하지 말자. 80퍼센트의 에너지만 쓰자.

샤넬 지갑과 레페토 슈즈

필요한 물건만 지니는 마음가짐만큼이나 중요한 것이 있다. 나를 설레게 하는 물건만 소유할 것.

내 마음에 꼭 드는 것으로 제대로 된 하나의 물건만 있다면 다른 것을 더 사고 싶다는 마음이 사라진다. 그러니 물건을 들일 때는 무조건 신중해야 한다. 어물쩡 '당분간만 써야지'라는 생각으로 물건을 구입한다면, 그 물건은 또다시 버려진다.

'이 물건이 내가 진짜로 가장 원하는 물건인가?'

스스로에게 이 질문을 했을 때, 긍정의 대답이 바로 나오지 않는다면 물건을 내려놓는다. 가장 원하는 물건이 나타날 때까지 또는 구입할 수 있는 여력이 생길 때까지 차선의 물건은 구입하지 않는다. 최선의 물건이 생기면 차선은 어느새 또 버려지기 때문이다.

대부분의 코트를 처분하고, 어디에도 잘 어울리는 블랙 코트 딱 하나를 사고 싶었는데 몇 년간 내가 원하는 디자인의 코트를 만나지 못했다. 오래되어 낡은 코트를 계속 입고 다니다가 우연히 아울렛에서 내가 찾던 디자인의 블랙 코트를 만났다. 그 자리에서 망설임 없이 바로 구입했다.

그리고 그해 겨울, 나는 내 마음에 쏙 드는 단아한 블랙 코트를 매일 입었다. 아마 앞으로도 매년 겨울 이 코트가 낡고 헤질 때까지 열심히, 행복한 마음으로 입게 될 것이다. 나는 이미 내 마음에 드는 코트를 가지고 있기에 겨울마다 코트를 산다며 시간, 돈, 에너지를 쓰지 않아도 된다. 뭘 사야 할지 고민할 필요도 없다.

내게 누군가 미니멀 라이프의 장점을 묻는다면 이런 것들을 말해주고 싶다. 내가 가진 물건의 개수는 적지만, 모두 최상의 만족감을 주어서 쓸 때마다 기분이 좋다고. 그래서 다른 것을 더 갖고 싶다는 욕심으로 에너지를 낭비하지 않는다고 말이다.

세계 여행을 떠나면서 처음부터 프랑스 파리와 미국에 도착하면 원하는 물건 몇 개를 쇼핑하겠다고 단단히 결심하고 있었다. 그래서 장기 여행을 하는 내내 필요해진 옷 몇 벌을 구입하는 것 외에는 쇼핑에 관심조차 두지 않았다.

파리에 도착하고 며칠 지나, 설레는 마음을 안고 백화점에 갔다. 그리고 나를 위한 선물을 샀다. 몇 년간 줄곧 갖고 싶었던 물건이었다.

그렇게 나는 내 인생 첫 샤넬을 갖게 되었다. 나의 30대를 함께해줄 샤넬 카드지갑. 이제 현금 소비가 0에 가까워졌기에, 20대 중반부터 쓰던 장지갑 대신 얇고 가벼운 카드지갑을 갖고 싶다고 줄곧 생각하고 있었다. 체크카드 한 장과 신분증 그리고 비상금 만 원 정도만 들어가는 간결한 카드지갑. 대충 차선을 선택하지 않고, 가장 원하는 것을 구입할 수 있는 타이밍이 올 때까지 묵묵히 기다렸다가 손에 넣은 물건은 그 어떤 것보다 값졌다.

그리고 예쁜 색감의 플랫슈즈도 한 켤레 구입했다. 한국에서 가져와 여행 내내 잘 신던 플랫슈즈가 런던에서 생을 다했지만 이 브랜드의 제품을 사보고 싶었기에 굳이 다른 것을 구입하지 않고 기다렸다가 파리에 도착해서 구입했다.

사실 신발을 그다지 험하게 신는 것도 아닌 것 같은데 다른 사람보다 금방 굽이 닳는 나로서는 비싼 제품을 구입하는 것이 사치라고 느껴졌었다. 하지만 좋은 신발은 주인을 좋은 곳으로 데려다준다는 말, 사람이 걸치는 것 중에서 제일 중요한 게 신발이라는 말, 제대로 만든 신발은 확실히 착화감이 달라 발의 피로도가 적다는 말. 여기저기서 많이 들어왔던 그런 말들이 사실인지 직접 경험해보고 싶은 마음이 있었다.

"좋은 건 직접 해봐야 그게 진짜 좋은 건지 알지."

남편의 말에 용기 내어 구입하고 여행하는 내내 잘 신었다.

한국에 돌아온 지 2년이 지났다. 한 손에 가볍게 쥘 수 있는 샤넬 카드지갑을 들고 가볍게 외출할 때마다, 말갛고 빨간 플랫슈즈를 신고 사뿐히 걸을 때마다 나는 여전히 기분이 좋다. 내 마음에 꼭 드는 물건이 주는 확실한 행복이다.

가끔은 아날로그로 살아보기

요즘 의도적으로 휴대전화와 멀리 떨어져 지내고 있다. 텃밭에 가면서 휴대전화가 거추장스러워서 집에 두고 간 적이 있는데, 그날 느낀 홀가분함이 계기가 됐다. 스마트폰을 손에서 떨어뜨려놓으니까 하루의 여백이 보다 더 많아졌다.

여백의 시간. 턱을 괴고 앉아 있는데, 심심했다. 문득 심심하다는 이 감정 자체가 꽤 오랜만이라는 생각이 들었다. 기내에서 느끼는 감정과 비슷했다. 할 게 없어서 심심한 느낌. 고작 얼마간의 시간 동안 휴대전화를 내려놓고 인터넷에서 벗어난 것뿐인데 곧이어 바로 '할 게 없어 심심하다'라고 느끼는 이 자연스러운 연결 고리를 깨닫는 순간, 변해야겠다고 다짐했다. 지금까지 나의 삶을 어떤 식으로 채워왔는지를 고스란히 보여주고 있었으니까.

나는 24시간 내내 온라인으로 연결되어 있는 상태를 누구보다 즐겼지만, 한편으로는 단절을 바랐던 것 같다. 편리함과 갑갑함을 동시에 느꼈다. 휴대전화를 시야에서 치웠더니 꽤 많은 것이 변했다. 세상 사람들 이야기, 뉴스, SNS, 가십거리, 재미있는 영상, 의미 없는 검색 등 쓸 데 없이 휴대전화로 뭔가를 찾아보고는 했던 소모적인 시간들이 모두 사라졌다.

처음에는 소모적으로 사용했던 시간이 모두 사라지자 어색한 심심함을 느꼈는데, 이내 편안하고 홀가분해졌다. 휴대전화 없는 외출과 산책. 휴대전화 없는 일상이 이토록 가벼울 줄 알았더라면 진작에 해볼걸 그랬다.

휴대전화 없이 지내는 시간. 마냥 어색해하던 심심한 느낌과 기분이 요즘은 꽤 좋다. 진짜로 쉬는 느낌이 든다. 휴대전화 없이 심심한 시간에는 구태여 아무것도 하지 않아도 되지만, 오히려 하고 싶은 것들이 곧잘 떠오른다.

그리고 실행력이 빨라진다. 심심하니까. 어제는 레몬 파운드 케이크를 구웠다. 평소에 만들어보고 싶었는데 만드는 과정이 꽤 복잡하고 시간이 오래 걸릴 것 같아 늘 망설이곤 했던 베이킹이었다. 10분짜리 유튜브 영상을 보며 대리만족 하는 대신 90분의 시간을 들여서 직접 만들었다. 팔과 어깨가 저릴 정도로 버터를 휘저어 크림화하면서 '역시 힘들다'고 생각했지만 동시에 은은한 레몬향을 풍기며 구워지는 파운드케이크를 바라볼 때의 감정은 절대 레몬 케이크 굽는 영상을 보는 것만으로는 느낄 수 없는 것이었다.

아날로그에서만 느낄 수 있는 몰입과 즐거움이었다. 비록 '내 멋대로 레시피'로 버터와 설탕을 3분의 1로 줄이는 바람에 달달하기보단 새콤하고, 촉촉하기보단 퍽퍽한 케이크가 완성됐지만 아무렴 어떤가. 재미있었다.

늘 쉽게 닿을 수 있던 인터넷 세상이 사라지니까 내 앞의 진짜 현실 세상에 더 집중하게 된다. 집중하며 살아보니 그간 내가 얼마나 '가짜로' 시간을 보냈는지 절절히 깨닫는다.

뉴질랜드 캠핑카 여행을 할 적에 나는 극도로 제한적으로 인터넷을 사용했다. 뉴질랜드 현지 유심을 길 찾기 용도로 아주 적은 용량으로 구입했기에 남편과 나는 와이파이가 없는 장소에서는 인터넷을 쓸 수 없었고, 우리가 주로 머물던 무료 캠핑장에는 와이파이가 없었다. 하루 종일 타의로 인터넷 없는 생활을 해야 했다.

어느 날 근처 도서관에서 와이파이를 쓸 수 있다길래 아예 날을 잡아 남편이랑 신나게 찾아갔다. 우리는 무척 기대에 찬 몸짓으로 서둘러 휴대전화를 켜고 와이파이를 연결해 인터넷을 했다. 그리고 불과 한 시간도 채 지나지 않아서 내가 와이파이존에서 하려고 했던 모든 활동을 끝냈다. 인터넷을 마음껏 쓸 수 있는 그 시간이 너무 아깝고 아쉬워서 뭐라도 더 해보려고 했는데 온라인 안에서 부유하며 시간 보내는 방법을 그새 잊어버린 나는 이내 인터넷 세상이 지루해졌고 남편에게 이제 캠핑장으로 그만 돌아가자고 말했다.

인터넷 없이 살 수는 없다. 휴대전화도 그렇고. 그렇지만 선택적으로 쓸 수는 있다. 식사 때마다 습관적으로 아이패드를 켜고는 재미있는 예능이나 영화, 드라마 같은 영상을 틀어두고는 했다. 이제 영상 트는 것도 잠시 멈춰보았다. 늘 영상을 향하던 시선이 서로를 향했다. 볼거리가 없는 식탁에서 마주 앉은 우리는 밥을 더 천천히 먹을 수 있었고, 대화도 곱절로 늘었다. 영상을 보며 먹던 밥보다 훨씬 더 맛있고 즐거운 식사 시간이 되었다.

영화를 볼 때에도 습관적으로 휴대전화를 만지작거렸다. 나중에 남편과 영화 이야기를 하다 보면 내가 기억 못 하는 장면이 많아서 당황스러웠다. 이제는 영화를 보기 전에 휴대전화를 아예 다른 방에 둔다. 영화 보는 두 시간을 온전히 영화에 몰입할 수 있게 됐다.

이 당연한 걸 그동안은 못 했다. 당연한 일상을 이제야 되찾았다. 스마트폰을 잠시 내려두기만 해도 우리에게는 시간이 엄청 많아진다. 이게 진짜다.

오래된 친구라는 말의 공허함

"이사 가기 전에 우리 집에 한번 놀러 와."

몇 달간 말뿐인 초대와 수락이 오가다가 이번에는 정말로 친구가 예쁜 꽃을 사들고서 우리 집에 찾아왔다. 거의 1년 만의 만남이었다.

"네가 커피 마실 때마다 달다구리를 항상 올려놓고 먹더라고. 그래서 오는 길에 마카롱 좀 사 왔어."

"네가 제로 웨이스트 한다고 비닐을 안 쓰잖아. 나도 비닐 안 받으려고 집에서 반찬통을 가져왔는데, 김치 냄새가 너무 많이 나서, 하는 수 없이 그냥 비닐 포장해 왔어. 흐흐, 대신 겉봉투는 안 받았어. 나 잘했지?"

"다음엔 우리 집에 와서 고기 구워 먹자. 아 맞다, 너 이제 채식하지?"

친구와 대화를 하면서 나는 내색은 안 했지만, 속으로 조금 놀랐다. 몇 달 전, 내가 블로그를 한다고 하니까 주소를 알려달라고 해서 링크를 보내준 적이 있다. 그 뒤로 친구는 종종 내 블로그에 들어와서 댓글을 달아주고는 했는데, 별로 대수롭지 않게 여겼다. 친구를 만나고 나서야, 그녀가 내 글을 무척이나 정성스럽고 꼼꼼하게 읽어주고 있다는 것을 알게 됐다. 내 블로그 글을 통해 친구는 이전보다 나에 대해 훨씬 많은 부분을 이해하고 있었다.

우리의 대화 속에서 나는 구태여 무슨 말을 더 보태거나 덜어내지 않아도 되었고, 이 이야기를 해도 될까 고민하지 않아도 되었다. 나를 있는 그대로 그저 내보일 수 있어서 기쁘고 고마웠다.

비로소 친구가 선물이라고 가져온 꽃이 내 눈에 선명하게 들어왔다. 나는 튤립을 좋아하고, 노란색을 좋아한다고 블로그에 자주 썼던 게 떠올랐다. 친구가 사 온 꽃은 탐스러운 노란색 튤립들이었다.

휴대전화에 등록된 연락처가 몇 개인지, 싸이월드의 이웃사촌은 몇 명인지, 나의 페이스북 사진에 '좋아요'를 누른 이가 누군지 촉수를 세우고 예민하게 계산하던 때가 있었다. 친구는 많으면 많을수록 좋은 거라 생각했기에, 이따금 내가 친구라 부를 수 있는 사람이 턱없이 부족하다는 생각이 들면 조금 의기소침해지기도 했다. 급기야 이런 생각에까지 이르렀다.

'나 인생 잘못 살았나? 사람들이 나를 싫어하나? 내가 뭐 잘못했나?'

오래된 장일수록 귀하고 비싼 것처럼 친구도 그런 줄로만 알았다. 가끔 나를 콕콕 찌르는 말로 상처를 주는 친구도, 필요할 때만 나를 찾는 듯한 친구도, 이제는 공통의 관심사가 하나도 없어 만나면 겉도는 대화만 하게 되는 인간관계도 도통 내가 먼저 끊을 줄을 몰랐다. '10년 된 친구잖아', '초등학교 시절부터 친구잖아'라며 함께 지낸 오랜 시간이 마치 모든 것의 프리패스인 것처럼 생각하고 혼자 속앓이를 하면서도 끊어내지 못하고 연을 이어갔다.

살아가는 환경이 바뀌면 경험이 달라지고, 경험이 달라지면 생각도 변한다. 사소하게는 식성이나 취향, 크게는 인생의 관심사, 가치관, 혹은 성격 자체가 변하기도 한다. 나는 졸업과 이사, 이직과 결혼, 세계 여행처럼 삶을 크게 뒤흔들어주는 계기가 생길 때마다 과거와 눈에 띄게 다른 사람이 되어갔다.

가령 20대에는 밤늦도록 2차, 3차를 외치고 강남 한복판을 쏘다니며 노는 것을 좋아했다면 30대 중반이 되어가는 지금은 늦은 밤의 술자리보다 한낮의 티타임을 즐기고, 해가 지기 전에 귀가하는 것을 선호하는 사람이 되었다. 술자리를 좋아했던 시기에 함께 술잔을 부딪치며 밤이 무르익도록 함께 시간을 보내던 친구와 지금 만난들 서로가 즐거운 시간을 보내지 못하는 것은 어쩌면 당연한 결과일 것이다.

그러나 그 당시 나는 이런 자연스러운 변화를 납득하지 못했다. 서로의 관심사가 멀어지며 자연스럽게 옅어지는 인연의 끈을 어떻게든 붙잡고 당겨보고자 무리하게 애를 쓰고는 했다. 서로 더는 맞지 않는 것을 알면서도 꾸역꾸역 이어가는 만남에서 겉도는 대화 속 공백은 즐거운 척하는 가짜 웃음으로 메웠다. 그렇게 헛도는 시간을 보내고 집으로 돌아가는 버스 안에서는 늘 공허했다.

나는 소원해지는 사이를 견디지 못했다. 누구의 잘못도 아니고, 살다 보면 이유 없이 그렇게 멀어지는 사이도 있다는 것을 알지 못했다. 나와 너무 맞지 않는다면, 오히려 만남이 나를 괴롭게 한다면 그런 인간관계는 끊어내는 선택도 있다는 것을 알지 못했다. 오래된 인연과 만남이 무조건 최고인 것은 아니었다.

나이를 먹으면서 공허한 귀갓길이 잦아졌다. 그리 유쾌하지 않은 헛헛한 귀갓길을 걸으면 걸을수록, 이런 소모적인 만남은 부질없다는 걸 깨달았다. 외로워질까봐 억지 인연을 이어갔는데,

만날수록 어쩐지 나는 더 외로워졌다. 이제 그만두기로 했다. 아무 일 없이 자연스럽게 연락이 끊기고 멀어지는 관계가 가장 좋은 헤어짐이기도 하다는 것을 받아들였다. 그렇게 인간관계에 너무 연연해하지 않게 됐다.

오는 사람 안 막고 가는 사람 안 잡는다는 말은 삶의 지혜였다. 사람과 사람이 연을 맺게 되는 이유가 있고 가까워지는 계기가 있듯, 서로의 삶에서 멀어지고 사라지는 때도 있다는 걸 떠올리면 관계를 좀 더 편안한 자세로 대할 수 있다. '우리는 죽을 때까지 친구야', '이 우정은 영원할 거야'라는 생각 또는 집착이 사라지자 나는 역설적으로 내 곁에 있는 친구에게 최선을 다하게 됐다. 이 만남이 유한하다는 것을 알고 나니, '나중에, 언젠가, 다음에'라는 말로 미루는 것이 아깝게 느껴졌던 것이다.

그렇다고 내가 인간관계에서 오는 모든 어려움을 초월한 것은 아니다. 나는 여전히 사람을 만나며 상처를 받기도 하고, 때론 상처를 주기도 한다. 기대를 했다가 실망을 하기도 하고 마음을 줬다가 후회하기도 한다. 다만 묵은 인연이 떠나면 새로운 인연이 찾아오기도 하고, 몇 년간 툭 끊긴 인연이 다시 이어지기도 하고, 서로 떨어져 있던 틈 덕분에 관계가 견고해지기도 하는 걸 경험하며, 그냥 내게 다가오고 멀어지는 모든 것을 있는 그대로 받아들이기로 했다.

누군가 지금 내게 친구가 몇 명이냐고 묻는다면 열 손가락으로 다 헤아릴 수 있을 것 같다. 빼곡한 연락처를 가지고 살던 시기와 비교해서 부족하다는 생각은 전혀 들지 않는다. 소수의 친구들이지만, 만날 때마다 건강한 에너지와 좋은 영감을 주고받는 이 관계만으로도 나는 충분함을 느낀다. 본질적인 인간의 외로움은 사람들을 많이 만난다고 해서 채워지는 것이 아니다.

매일 아침, 노란 튤립이 소담하게 꽂혀 있는 꽃병의 물을 갈아줄 때마다 나는 몇 달 만에 우리 집에 초대한 친구를 생각했다. 나를 위해 내 글을 읽고 내가 좋아하는 것들을 헤아려서 선물해준 그녀의 귀한 마음을 떠올렸다. 소중했다. 그 자리에서 휴대전화를 열어 친구에게 메시지를 보냈다.

"오늘 아침에도 꽃 물 갈아주는 중. 고마워. 덕분에 매일 아침이 행복하다."

더 이상 불안하지 않은 노후

누구나 그렇듯, 나 역시 노후에 대한 불안을 늘 마음속에 품고 살았다. '큰 병에 걸리면 어쩌지', '돈이 없으면 어쩌지'. 사람들이 말하는 노후에 필요한 최저 생활비를 마련하려면 나는 도대체 얼마나 더 많이, 더 오래 돈을 벌어야 될까.

필요한 만큼 돈을 가지고 있지 않을 것 같다는 노후에 대한 불안은 내가 더 바쁘게 살아야 할 이유였다. 더 좋은 대학에 들어가야 하고, 더 좋은 직장에 취직해야 하고, 더 많은 돈을 벌어야 하고, 더 좋은 집에 살아야 하고, 더 좋은 남편을 만나야 하고…… 그렇게 누가 정한 건지도 모르는 '더 좋은 것'에 대한 집착과 갈망은 모두 노후에 더 편하게 잘 살고자 함이었다.

그러다 보니 내 삶에 늘 만족하지 못한 채 항상 그다음 단계를 생각하며 매일 열심히 살아야 한다고 생각했다. 공부를 '잘'하는 성실한 학생이었고 졸업 전에 이름만 들으면 누구나 아는 유명 대기업에 취업을 했다. 감기 몸살로 고열에 시달리면서도 밤새 시험 공부를 했고, 담석 때문에 찢어질 듯한 통증을 느끼면서도 출근을 했다. 그러나 정작 그 삶 속에 현재의 행복은 없었다.

집 안의 불필요한 물건들을 비우는 생활을 이어가다 보니 좀처럼 물건을 구입하지 않게 되었다. 나도 모르게 집 안에서 꾸준히 증식하던 쓸데없는 물건들. 예뻐서, 세일해서, 유행이라서, 그냥 사고 싶어서 등 갖은 이유를 들고 구입했던 것들이 모두 예쁜 쓰레기로 전락하는 모습을 보면서 새로운 물건을 갖고 싶다는 소유욕이 완전히 사라졌다.

뭔가를 구입할 때는 이것이 내게 꼭 필요한 것인지 생각했다. 불필요한 것들을 사지 않고, 꼭 필요한 것들만 구입하다 보니 자연스럽게 통장에 돈이 남기 시작했다. 저절로 매달 저축률이 상승했다. 신기했다. 애써 힘들게 돈을 아끼려고 하지 않았는데 자연스럽게 절약이 되다니 말이다. 그동안 저축을 더 많이 하고 싶어서 돈을 아낄 땐 내가 궁상맞게 느껴졌는데, 애쓰지 않아도 저절로 이루어지는 절약 생활과 높은 저축률에 돈 모으는 재미가 붙었다.

돈을 적게 쓰는 생활에 익숙해지자 적게 버는 삶도 괜찮겠다는 자신감이 생겼다. 할 수 있는 만큼 최대한 많은 돈을 벌어야 된다고 생각했는데, 돈도 물건처럼 내가 필요한 만큼만 가지면 충분하겠다는 생각이 들었다. 또 세상에는 돈보다 중요한 가치들이 많다는 것도 알게 됐다.

돈은 많을수록 좋은 것이 아니라 내게 꼭 필요한 만큼만 벌면 되는 것이다. 작은 규모의 생활을 통해 적은 돈을 소비하며 살 수 있다면, 돈을 벌기 위해 하기 싫은 일을 더 많이 하거나 나의 모든 시간을 뺏기지 않아도 된다. 비로소 돈의 노예가 아닌, 돈을 잘 활용해서 쓸 수 있는 사람이 된 것이다. 적게 쓰는 삶을 살면서 더는 돈이 무섭지 않았다. 언제나 내가 쓸 만큼의 돈이 '충분히' 있다는 생각은 불필요하게 불안해하던 노후에 대한 걱정도 날려주었다.

부부 모두 국민연금을 착실히 내고 있고, 최소한의 의료비를 보장해주는 보험에도 가입해두었다. 책상 앞에 앉아 흰 종이를 펼치고 나이 들어 필요한 생활비를 계산해보았다. 물가상승률을 감안해도 지금 모아가는 것만으로도 충분하다는 계산이 나왔다.

노후를 불안해했던 이유는 막연했기 때문이었다. 내 삶에 얼마만큼의 돈이 필요한지 몰랐기 때문이었다. 그동안은 막연하게 '경제적 자유를 위해 돈을 더 벌어야 해, 돈을 더 모아야 해'라고 생각했었다. 수십억 원 이상의 돈을 가져야 경제적 자유가 달성된다고 생각했고, 그게 노후를 자유롭게 해주리라 생각했다.

그러나 적게 쓰는 삶에 익숙해지면서 나는 지금도 경제적으로 충분히 자유롭다는 것을 깨달았다. 돈이 많아서 자유로운 게 아니라 지금도 충분하다는 마음. 이보다 더 적은 돈으로도 잘 살 수 있겠다는 확신이 내게 진짜 경제적 자유를 주었다. 무언가를 더 하지 않아도 되었다. 그저 지금도 충분하다고 느끼면 될 뿐이었다.

나의 노후 대비는 아주 많이 달라졌다. 더 많은 돈을 벌고 모으려고 애쓰는 대신에, 나이 들어서도 할 수 있는 삶의 진짜 기술들을 하나씩 배워나가고 있다.

남편과 함께 집 근처 주말 농장을 계약해서 텃밭을 가꾸며 자급자족을 연습하고 있다. 작은 오븐을 구입해서 건강한 빵을 직접 구워 먹고 있다. 가정용 커피 머신을 구입해서 내 입맛에 맞는 커피를 직접 내려 마시고 있다. 채소 값, 빵 값, 커피 값을 아끼고 절약할 수 있다는 장점도 있지만 내 삶에서 꼭 필요한 것들을 외주화하지 않고 내가 직접 만들어낸다는 데에서 오는 근본 있는 자신감이 가장 큰 수확이다. 내년에는 재봉틀을 배워 가벼운 여름

옷들을 만들어보고 기본적인 수선도 직접 해볼 생각이다.

운동도 꾸준히 하기 시작했다. 노후를 위해 돈을 저장하기보다는 근력을 저장하자는 생각이다. 꾸준한 자급자족 연습 덕분에 돈 없이는 살아도 근력 없이는 못 살 것 같다는 게 이유. 이렇듯 나는 돈에 대한 관점이 바뀌면서 다른 관점에서 노후 대비가 가능해졌다. 돈만 모을 때보다 노후에 대한 자신감도 생겼고, 무엇보다 더 이상 무언가에 쫓기듯 조급하거나 불안하지 않다.

미래에 대한 막연한 걱정이 없고 과거에 대한 버리지 못한 미련이 없으니 현재를 더 충실히, 온전하게 살아낼 수 있게 되었다. 솔직히 말하면 나는 이제 나이 들어가는 게 기대된다. 지금도 이렇게 행복하고 즐거운데, 앞으로는 얼마나 재미있는 삶이 펼쳐질까? 그런 생각을 하면 할머니가 되는 것도 참 좋다.

몸이 기억하는 시간표, 루틴

그곳이 어디든, 기간이 얼마나 되든 나는 언제나 내가 있는 자리에서 나만의 루틴을 만든다. 루틴이 작든 크든, 사소하든 대단하든 그런 것은 중요하지 않다. 단지 아침에 눈 뜨고 시작되는 나의 하루가 그저 복잡하지 않고 단정하길 바라는 마음이다.

아침 첫 시작이 좋으면, 그날은 어쩐지 모든 순간이 다 좋다. 루틴의 사전적 정의는 특정한 작업을 실행하기 위한 일련의 명령, 프로그램의 일부나 전부다. 나에게 루틴은 내게 주어진 유한한 시간과 에너지를 더 중요하고 더 소중한 곳에 마음껏 쓸 수 있도록 내 하루를 설계하는 것과 같다. 계절이나 시기에 따라 루틴은 조금씩 달라지지만 대체적으로 비슷한 모양을 갖추고 있다.

알람 없이 충분한 수면을 취한 뒤에 눈을 뜨고, 침실을 환기시키고, 이부자리를 정리한다. 양치, 세수, 머리 빗기로 몸단장을 하고 미온수 한 컵을 마신다. 전날 저녁 설거지한 주방의 마른 식기들을 제자리에 정리한 후 커피 한 잔을 내린다. 천천히 나의 작은 작업실에 들어가 앉아 전날의 일기를 쓰고, 오늘 필요한 일정을 체크하고, 세 시간 정도 글을 쓴다.

하루 중 가장 좋은 에너지가 가득 차 있는 오전 시간에 요즘 내 일상에서 가장 중요한 글 작업을 마무리하고 나면, 나머지 시간을 한결 가벼운 마음으로 가뿐하게 보낼 수 있다.

홀가분한 마음으로 작업실에서 나와 고구마, 빵, 과일 등으로 가벼운 식사를 한다. 세탁기와 청소기를 돌리고 밑반찬을 만들며 오늘의 살림을 시작한다. 점심 식사를 간단하게 지어 먹고는 오후 일정이 있다면 외출을 하고, 아니면 운동을 나간다.

나른해지는 오후 세 시쯤에는 따뜻한 차나 커피로 티타임을 갖는다. 그 뒤에는 남편이 퇴근할 때까지 가벼운 예능 한 편을 보거나 전날 보다 만 책을 읽거나 필사를 하며 자유롭게 시간을 보낸다.

이 모든 과정이 물 흐르듯 자연스럽게 느껴지는 건 급제동과

급발진을 하게 만드는 일상의 걸림돌을 모두 치우고 꼭 필요한 것과 하고 싶은 것을 균형감 있게 잘 배치한 덕분이다.

우리가 하루에 쓸 수 있는 에너지는 한정되어 있다. 매번 해야 할 것과 하고 싶은 것 그리고 미루고 싶은 것들 사이에서 고민하고 선택하느라 이 에너지를 다 써버린다면, 정작 중요한 일을 시작하기도 전에 진이 빠져버리곤 한다. 그렇게 할까 말까, 갈까 말까, 버릴까 말까, 고민하는 데에 나의 소중한 에너지를 낭비하는 것이 아까웠다. 그래서 매일 반복되는 일상의 사소한 행위들만이라도 나만의 규칙성 있는 루틴으로 만들어두니, 하루가 편안해졌다.

많은 시간과 품을 들이지 않고도 숙련된 몸짓으로 익숙하고도 자연스럽게 만족스러운 일상을 만들고 살아간다. 그렇게 자연스럽게 물 흐르듯 흘러가는 생활 속에서 내가 중요하다고 여기는 것들에 더 몰입할 수 있는 에너지가 많이 비축된다. 단순한 루틴 덕분에 생산성이 높아지고 내 시간에 대한 만족도가 올라간다.

고민하지 않고 정해진 일정을 정해진 시간만큼 하고 끝내는 것. 점차 하루가 간결해지고 생활이 정리되며 늘 단조롭던 나의 일상에 규칙적인 리듬감이 생겼다. 규칙적인 리듬감은 규칙적인 일상을 살 수 있는 힘이 된다. 규칙적인 일상의 힘은 평소보다 몸과 마음이 흐트러졌을 때 그 힘이 더 크게 발휘되곤 한다. 긴 여행에서 돌아와 생활 패턴이 엉망이 되었을 때, 내 몸이 기억하는 루틴대로 차근차근 행하다 보면 금방 나의 일상이 회복되곤 하는 것처럼 말이다.

강렬하게 신나고 특별한 이벤트는 1년 중에 몇 번 없다. 이벤트가 있는 날만 행복하다고 느낀다면 너무 많은 날들이 아쉽고 아까울 것 같다. 기상, 살림, 작업, 독서, 또 살림 살림 살림. 매일 똑같이 흘러가서 때로는 지루하게 느껴지는 나의 시간들. 이런 일상 속에서 무기력함에 빠지지 않기 위해 필요한 건 매일 팡팡 터지는 시트콤처럼 신나는 이벤트가 아니라 생활 속에서 단단하게 세운 규칙적인 나만의 리듬이었다. 루틴과 리추얼 말이다.

나만의 생활 루틴과 소소한 리추얼을 만들어서 때로는 무의식 중에 묵묵히, 때로는 일부러 특별한 의식 행위를 하듯이 그렇게 매일 반복되는 하루들을 잘 살아내고 있다.

애쓰지 않아도 하루를 충실하게 만들어주는 생활 루틴과 매 순간을 가치 있는 시간처럼 느끼게 해주는 리추얼 덕분에 매일 단순하고 단조로운 하루들을 재미나게 보내고 있는 셈이다. 평범한 일상 자체만으로도 무척 만족스러워서 특별한 이벤트가 필요 없어졌다. 그냥, 늘 규칙적인 리듬감을 가지고 흘러가는 지금이 좋다.

안 되면 말고!

나는 철저한 계획주의자이며, 완벽주의자였다. 과거형으로 말하는 이유는 그런 내 모습을 벗어나려고 많이 노력했고 지금은 어느 정도 성공했기 때문이다. 나는 뭔가 시도하기 전에 미리 꼼꼼하게 준비되어 있지 않으면 마음이 편치 않은 사람이었다. 한 발 앞으로 내딛기 전에 플랜 A부터 최소 C까지는 준비되어 있어야 움직이던 사람이었다. 몸보다는 머리로 사는 사람이었기에, 언제나 행동이 느렸으며, 시작하기도 전에 이미 머리로 완결 짓고는 그만둬버리는 일도 부지기수였다.

확실하지 않으면, 완벽하지 않으면 시도하는 것보다 포기하는 쪽을 택하곤 했다. 결벽증이 조금 있었고 강박도 있었다. 나는 그런 내가 조금 피곤했던 것 같다. 그런데 그렇게 해야만 내 마음이 편해서 변해야 한다는 생각조차 못했다.

'그렇게 살지 않아도 괜찮아.'

'완벽하지 않아도 괜찮아.'

온 마음을 다해 내가 나에게 그렇게 말할 수 있을 때까지 그리고 정말 그렇게 살게 되기까지 조금 긴 시간이 걸렸지만 어쨌든 지금은 완벽하지 않아도 괜찮다고 생각한다. 아니, 세상에 완벽한 것은 없다고 믿는 사람이 됐다. 완벽하지 않아도 괜찮은 게 아니라 완벽한 것은 어디에도 없다. 누구도 완벽할 수 없다. 그렇게 믿고 나니 완벽하지 않은 상황이나 완벽하지 않은 나 자신을 쉽게 받아들일 수 있었다.

생각해보면 완벽하지 않은 상태에서 일단 시도하고 시작하고 도전했던 일들이 의외로 더 많은 성취를 가져다주고는 했다. 완벽하지 않아서 부딪히고 깨지고 실패하고 고생하는 과정은 오히려 많은 깨달음을 주고 그것이 나의 진짜 자산이 되고는 했다. 완벽하지 않은데도 잘 먹고, 잘 쉬고, 잘 자고, 잘 살고, 잘 벌고, 잘 논다. 완벽하고자 했을 땐 느끼지 못했던 내 삶에 대한 완전한 만족감을 이제는 매일 온몸으로 느낀다.

<요즘 육아, 금쪽같은 내 새끼>라는 예능 프로그램을 보면 종

종 통제력이 강한 아이가 나온다. 이 친구들은 누가 괴롭히지 않아도 이미 스스로를 많이 괴롭게 한다. 통제되지 않는 상황, 통제되지 않는 모습, 통제되지 않는 것들 사이에서 혼자 많이 괴롭다. 어린 친구는 자기객관화가 힘들다. 그저 힘들고 싶지 않아서 본인이 완벽하게 통제할 수 있는 상황 속에만 머물려고 한다.

통제력이 강한 아이들의 모습에서 과거의 나를 본다. 영상 속 아이들에게 해주고 싶은 말을 지금의 내게 해주고, 아이들을 향한 오은영 박사님의 따스한 격려에 성인인 내가 위로를 받고 답을 얻는다. 필요 이상의 성실함과 책임감, 과잉된 자기통제력이 나에게 지나친 독이었음을 이제는 안다. 명상처럼 시작했던 느긋하게 생각하고 여유롭게 지내는 연습은 이제 온전히 나의 진짜 일상이 되었다.

"안 되면 말고."

이 '안 되면 말고' 정신의 힘은 굉장히 세다. '해볼까? 안 되면 말고.' 이 말 한마디로 움직일 수 있는 나의 에너지가 3에서 10까지 쭉 오른다. 완벽하고 확실한 것만을 바랐다면 나는 아마 이 집에서도 살 수 없었을 것이다.

원고를 아무리 뜯어고쳐도 부족해 보였는데 이걸 도대체 누가 책으로 내줄까 싶으면서도 일단 투고를 했다. 안 되면 말지 뭐. 여러 군데 출판사에서 미팅 제안이 왔다. 완벽한 원고가 될 때까지 무작정 썼더라면 계약은커녕, 제풀에 지쳐 포기해버렸을지도 모른다. 제로 웨이스트, 채식주의자, 미니멀라이프. 나는 내가 지향하는 가치관에 완벽하게 맞아떨어지는 사람은 영영 될 수 없을 것 같다.

가끔 모순되는 상황이나 모습을 마주할 때도 있다. 그렇다고 해서 내가 가치관을 바꿔야 하는 것은 아니다. 그저 불완전한 나를 있는 그대로 받아들이면 모든 것은 자연스러워진다. 우리는 모두 불완전한 모습으로 그렇게 산다.

완벽한 가족, 완벽한 아내, 완벽한 딸, 완벽한 친구, 완벽한 며느리. 완벽하고자 했던 모습들을 내려놓으니 관계도 더 부드러워졌고 가까워졌다. 진심으로 대할 수 있게 됐다.

나 자체가 이미 완벽한 사람이 아닌데 누군가에게 완벽한 사람이 되어주는 것이 어찌 가능하다고 생각했을까. 물 흐르듯 자연스럽게 사는 것이 어떤 의미인지 이제는 조금 알 것도 같다. 불완전한 상태를 완전한 것으로 만들어가는 과정이 삶이라고 생각하니 모든 게 편안해진다. 내 삶이 가벼워졌다.

| 에필로그 |

카쉬 해변에서,
홀가분했던 지난 여름 날

2년 전 뜨거운 여름을 터키 남부에 있는 휴양 도시 카쉬에서 보냈다. 비현실적으로 느껴질 만큼 아름다운 바다가 유명한 지중해의 작은 마을 카쉬. 푹푹 찌는 한낮에는 현지인 여행객 할 것 없이 모두가 해변에 누워 해가 떨어질 때까지 한적한 시간을 보내고는 하는 곳이었다.

카쉬에 도착한 날, 남편과 함께 설레는 마음으로 제일 먼저 바다를 찾았다. 종일 바다에서 뒹굴며 지낼 작정이었다. 바다로 나가기 전 필요한 물건들을 바리바리 챙겼다. 선크림, 모자, 수건, 갈아입을 옷, 읽을 책, 과자, 음료수, 지갑, 이어폰, 휴대전화 등등. 바다에서 완벽하게 놀기 위한 준비물이 커다란 가방 안에 가득 들어갔다.

해변에 도착해 적당한 자리를 잡고 가방을 내려놓고 바다로 뛰어들었다. 땡볕에 걸어오는 동안 삐질삐질 흘린 땀이 차가운 지중해 바닷물에 모두 시원하게 씻겨 내려갔다. 절로 환호성이 나왔다. 작은 튜브를 가지고 둥둥 떠다니다가 지루해지면 물안경을 끼고 수영을 하기도 했다. 현지의 꼬마 아이들 틈바구니 속에서 재미나게 놀았다.

그렇게 바다 속에서 놀면서도 나의 시선은 계속 모래사장 쪽을 향해 있었다. 혹시 노느라 한눈판 사이에 누군가 우리 물건을 훔쳐 갈까봐 걱정이 됐기 때문이다. 불안해서 완전히 마음 놓고 놀 순 없었지만, 그게 이상하다거나 불편하다는 생각은 하지 않았다. 바닷가에서 놀 땐 그게 당연한 거라 여겼으니까.

다음 날 잠깐 동네 산책을 하다가 갑자기 마음이 동해서 바닷가로 향했다. 가볍게 산책을 나온 터라 휴대전화를 비롯해 수건, 마실 물, 갈아입을 옷 등 그 어떤 것도 준비되어 있지 않았다. 사진은 안 찍으면 되고, 물은 숙소에 가서 마시면 되고, 젖은 몸은 그냥 볕에 말리자고 생각했다. 아무런 준비도 없이 해변을 간다는 게 마음이 좀 불안했지만 여차하면 바로 숙소에 가서 챙겨 오면 되니까 가보기로 했다.

해변에 도착한 남편은 티셔츠를 훌러덩 벗고 바다로 달려갔고, 나도 머리만 바짝 묶고 물속으로 뛰어들었다. 튜브도 물안경도 없이 맨몸으로 물속에서 파도를 타고 잠수도 하면서 놀았다. 너무너무 신나고 재미있었다! 지금까지 바다에서 놀았던 모든 시간을 통틀어 가장 즐거웠다. 누가 우리 물건을 훔쳐 갈까봐 신경 쓰지 않아도 되니 바다에서 노는 데만 집중하며 시간을 보낼 수 있었다.

아무것도 없어서 불안했던 나의 마음과 달리 바다에서 노는 데에 딱히 아무런 물건도 필요치 않았다. 아니, 오히려 아무것도 없었기 때문에 그 어느 때보다 그 순간을 홀가분하게 즐길 수 있었다. 없어보니 얼마나 홀가분한지 알게 됐다. 없어보니 처음부터 필요하지 않았다는 걸, 없어도 충분히 괜찮다는 걸 알게 됐다.

카쉬에서 보낸 여름은 내가 왜 가볍게 살아야 하는가에 대한 또 한번의 깨달음을 준 고마운 경험이었다.

무언가를 많이 가질수록 그만큼 지키고 관리하고 유지해야 하는 책임도 늘어난다. 내게는 언제나 그 책임이 무거웠다. 책임을 내려놓고 적게 지닌 채 살아보니 삶이 신기할 만큼 가벼워졌다. 현재에 집중하며 살 수 있는 중심이 되었다.

미니멀 라이프를 위해 물건을 비우고 옷을 줄이고 살림을 몽땅 가져다 버리는 것보다는 그 이면의 이야기를 하고 싶었다. 아무것도 없는 새하얀 집을 만드는 것보다 더 중요한 게 있다는 것을 말하고 싶었다. 미니멀리즘을 집과 물건에만 국한하지 않고 삶의 태도에 적용하여 인생 자체가 단순하고 가볍게 변한 이야기를 하고 싶었다.

나는 때때로 남을 지나치게 의식하며 살다가 정작 가장 중요한 '나'를 잃어버리곤 했다. 남들이 좋다고 하는 것들로 내 삶을 채우느라(혹은 비우느라) 한 번뿐인 인생을 낭비하기도 했다. 그러나 삶은 유한하고 시간, 돈, 에너지는 모두 한정되어 있다. 미니멀 라이프를 해야 하는 이유와 미니멀리즘의 본질이 바로 여기에 있었다. 한정된 것을 알차게 쓰기 위해서. 잘 비운 자리에 잘 채우기 위해서.

어느덧 미니멀 라이프 10년 차. 온 집 안을 물건으로 가득 채워보기도 하고, 통째로 비우고 텅 빈 방을 만들어보기도 했다. 숱한 허무와 회의감의 나날들을 보내면서 나만의 균형을 찾았다. 더는 물건을 쉽게 사지도, 쉽게 버리지도 않는다. 처음부터 하나를 비우더라도 신중하게 비우고, 하나를 채우더라도 시간을 들여 가장 좋아하는 것으로 채운다. 잘 채우니 버릴 것이 없어지고, 버리지 않으니 지갑도 든든해지고, 더불어 지구와 환경까지 생각하게 되는 선순환이 이루어지고 있다. 내 인생에서 진짜 필요한 것만 남기고 가볍게 살고 있다. 잘 비우고 잘 채우며. 한정된 것을 알차게 쓰면서.

요즘도 나는 이따금 나도 모르게 가진 것보다 더 많은 것을 욕심내게 될 때마다 카쉬에서 보냈던 지난여름을 떠올린다. 없으면 안 될 것 같지만 없었기 때문에 도리어 더 홀가분하고 즐거웠던 여름날을 말이다. 곧이어, 이만하면 충분하다는 생각이 든다.

어느 날 멀쩡하던 행거가 무너졌다

초판 1쇄 발행 2022년 2월 17일
초판 5쇄 발행 2024년 5월 20일

지은이 이혜림
펴낸이 최지연
마케팅 김나영, 김경민, 윤여준
경영지원 김민선
디자인 수오
표지 그림 최산호
본문 조판 성인기획
교정교열 윤정숙

펴낸곳 라곰
출판신고 2018년 7월 11일 제 2018-000068호
주소 서울시 마포구 큰우물로 75 성지빌딩 1406호
전화 02-6949-6014 **팩스** 02-6919-9058
이메일 book@lagombook.co.kr

ISBN 979-11-89686-38-3 03810

• 라곰은 ㈜타인의취향의 출판 브랜드입니다.
• 책값은 뒤표지에 있습니다.
• 잘못된 책은 구입하신 곳에서 바꾸어 드립니다.